KB075197

여름을 열어보니 이야기가 웅크리고 있었지

여름을 열어보니 이야기가 웅크리고 있었지

김화진
이희주
박솔뫼
정기현

소설

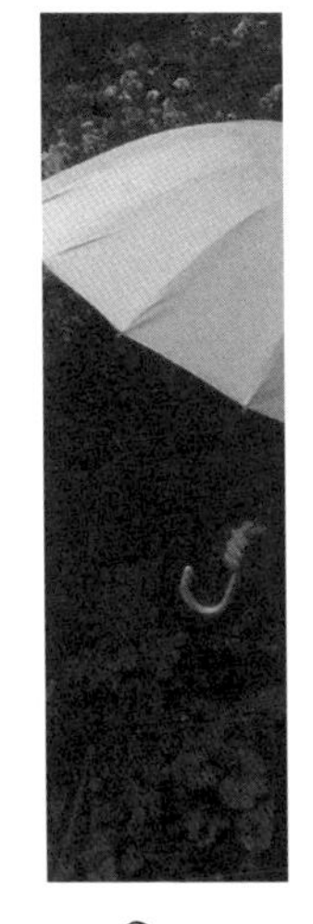

차례

사랑의 신

김화진

나의 시간은 대부분 사랑을 하는 데 쓰인다. 너무나 오랫동안 그래왔다. 나에게 사랑은 태도이자 습관. 규칙이자 성격. 원칙이자 자랑. 그리고 내 몸집만한, 내 영혼의 크기만한 콤플렉스다. 내 이름은 주희. 신주희이고 별명은 사랑의 신이다. 마르지 않는 사랑, 그만두지 않는 연애 때문에 그런 별명이 붙었다. 어쩜 그렇게 사랑을 믿어? 왜 그렇게까지 사람을 좋아해? 어떻게 그럴 수 있어? 내 주변에는 수많은 냉소주의자들이 살다가 떠났다. 그들의 질문은 잘못되었다. 내가 애써 사랑을 죽이지 않는 게 아니라 사랑은 홀로 산다. 인생이 바다만큼 넓고 골짜기처럼 깊은 거라면, 내가 노를 저어 사랑 쪽으로 흘러가는 게 아니라 사랑이 지느러미를 달고 내 주위에서 끊임없이 헤엄치는 것이다. 사랑이 잠깐 내 곁에 머물고 또 떠나가고, 가까워지고 멀어지고, 그러길 반복한다. 사랑을 계속할 수 있는지는 오직 사랑에게 달렸다. 나는 모르는 일이다. 그런 면에서 나는 내 별명이 (그냥도 우습지만) 정말 우습다고 생각한다.

'사랑의 신'이라는 별명에 대한 가장 좋은 해석은 '다정하다'이고 가장 악의적인 해석은 '헤프다'이다. 나는 살면서 그 두 문장을 8대 2의 비율로 듣곤 했는데 나쁜 말 쪽이 훨씬 힘이 세다. 나는 항상 내가 헤픈 사람인가 걱정했다. 사랑은 돈처럼 아이러니하고 불공평하게 주어진다. 세상엔 공평한 게 별로 없으니까 사랑도 마찬가지겠지만. '그것'이 필요 없는 사람에게는 '그것'이 자꾸만 생기고 '그것'이 너무 가지고 싶은 사람에게 '그것'은 절대로 주어지지 않는다. 세상의 법칙 같은 것일까. 그러니까 나는 한사코 연애가 필요 없었는데, 쉼 없이 연애를 하고 있었다. 끊임없이 애인을 곁에 두게 되었다. 초등학교, 중학교, 고등학교, 대학교 내내 어떤 집단이나 모임에만 속하면 그곳에서 애인이 생겼다. 그런 포지션은 언제나 나밖에 없었다. 도대체 왜일까? 나는 궁금하면서도 궁금하지 않았다. 사랑은 언제나 나도 모르게 내 곁으로 다가오니까. 사랑이 바싹 붙으면 가슴이 뛰고 그쪽을 바라보게 되고 그럼 어느샌가 그 애를 좋아하고 있다. 정말로 혼자 있고 싶었는데 그게 다 거짓말이 되었다. 스물두 살 이후로 연애가 필요했던 적이 없었는데도, 스물여섯 살까지 그런 걱정을 했다. 내가 헤픈지 아닌지에 대해서 진지하게 고민했다.

연애가 끊이지 않는 방법은 두 가지다. 한 사람을 계속 만나거나, 다른 사람에게로 계속 건너가거나. 나는 후자다. 내가 필요 없대도 자꾸만 주어지는 사랑은 켜켜이 쌓여 누군가에게로 건너갈 수 있게 하는 다리가 된다. 나는 언제든 다리를 건너갈 결심을 하기 위해 용기를 내는 데 익숙하고, 이 용기는 때로, 슬프게도 사랑을 괄시하는 데 쓰인다. 우리가 서로를 이렇게 슬프게 하지만 부디 나를 포기하지 마, 나는 너여야만 해, 같은 말이 사랑의 지속을 돕고 완성할 때 나는 주로 반대로 말하고 있다. 나를 포기해. 나도 너를 포기할게. 네가 아니어도 돼. 서로가 지닌 단단하고 고집스러운 면, 한때는 사랑스러웠던 개성, 절대 바뀔 수 없는 습관, 그런 걸 가지고 싸울 때 나는 쉽게 상대방을 포기하고 나를 지킨다. 나의 것을 포기하면서까지 너를 사랑하지 않아. 너의 것을 포기하길 원할 만큼 너를 사랑하지 않아. 나는 찰랑이는 선 아래에서 사랑을 한다. 사랑을 시작하는 것만큼 사랑을 포기하는 것이 어렵지가 않다. 나는 다른 사랑을 만날 거라는 것을 확신할 수 있으므로. 나에게는 너밖에 없지 않으므로.

그렇다고 해서 내가 만난, 만나는 사람들을 우습게 여겼던 적은 없다. 사랑을 우습게 여기면 사랑에게 당한다. 사랑에 충실했던 사람만이 사랑의 낭떠러지 앞에서 떨어지지 않는다. 충실했기 때문에. 한 걸음 한 걸음을 눈앞의 사랑만 보고 내디뎠기 때문에. 튼튼하고 힘센 지느러미를 지닌 사랑이 내내 나의 주위를 맴도는 동안만 연애가 가능하다. 내 곁에 바싹 붙어 헤엄치던 사랑은 한 달에 걸쳐 천천히 멀어지기도 하고 하룻밤 사이에 훌쩍 떠나기도 한다. 내 곁을 맴도는 것처럼 보이던 사랑이 실은 그 시간 동안 내내 멀어지고만 있었던 적도 있다. 나는 그걸 안다. 사랑이 움직이면서 일어나는 진동, 물결로 번지는 작은 파동을 느낀다. 사랑에 집중하면 알 수 있다.

나는 사랑의 끝을 가늠하지 않는다. 사랑에는 끝이

없으니까. 내 곁을 맴도는 사랑의 지느러미는 멈춘 적이 없으니까.

지금 나의 애인은 현우다. 현우는 재작년 봄밤에 만났다. 나보다 세 살 연상이었고 무지막지하게 재미없는 첫인상이었다. 진지한 기자 지망생. 그런 현우를 재밌는 사람처럼 보이게 만들어준 것은 솔아 언니와 지원 언니였다. 그 밤에 나는 취해 있기도 해서, 솔아 언니와 지원 언니가 지닌 매력의 한 뭉텅이 정도를 현우의 것이라고 착각했다. 현우는 그 두 사람 사이에 있을 때만 재미있었다. 그 외에는 대체로 재미가 없었다.

더운 봄밤이었다. 5월인데 열대야처럼 무더웠다. 어쩌다 모인 모임인지도 이제는 아슴아슴하다. 북 페스티벌 같은 게 끝나고 부스를 차렸던 사람들끼리 모였던가. 나는 대학 선배들 중 북 디자이너로 일하는 선배들의 작업실에 막 끼어 그들의 작업을 도와주고, 아르바이트 일을 받고, 가끔 내 작업을 하며 지내고 있었다. 그래서 거기에는 멀거나 가깝게 관계된 사람들이 뒤섞여 있었다. 제각각 독특했지만 어딘지 비슷한 것 같다는 느낌이 들어 이상하게 마음이 편했다. 차가운 술을 마셔도 땀이 나서 취하는 것 같지가 않았다. 야자수가 그려진 맥주컵이, 후텁지근한 밤공기가, 그 테이블에 우연히 둘러앉은 사람들이 모두 마음에 쏙 들었다. 거기에 현우가 있었다. 그러나 현우만 있던 것은 아니었다. 현우를 보이게 해준 솔아 언니와 지원 언니도 거기서 만났다.

그때 나는 막 교정을 시작해서 고무줄이 치아를 당기는 느낌에 인상을 쓰고 있었다. 먼저 다가온 것은 솔아 언니였다. 다정하게 생겼네. 나와 같은 부류일까? 안주로 나와 있던 당근을 조심조심 씹으며 생각했다. 사랑에 박한 타입은 아닌 것 같다. 아니다. 맞나? 다정하긴 하지만 누군가를 사랑하는 스스로를 어색해하는 타입? 골똘히 생각하다가 단단한 당근이 교정기를 단 치아의 가장 아픈 부분을 건드려 윽, 하고 인상을 찌푸렸다. 솔아 언니가 어떤 타입인지는 모르지만 언니를 처음 봤을 때부터 좋았다. 몰래 애쓰는 사람이라서 좋았다. 분위기를 중요하게 여기는 사람. 눈치를 많이 보는 사람. 자기 생각을 우스갯소리에 섞어 떠나보내는 사람. 나만큼 다정하지는 못할 거고 그럼에도 최선을 다해 다정해지려는 사람일 거라고 추측했다. 내 곁에 잘 모이는 사람들의 비율상, 아무리 어려 보여도 나보다 언니일 것이라고도 예상했다. 그리고 내 예상이 맞았다.

이미 맥주를 마실 대로 마셔서 두 볼이 붉어진 솔아 언니가 맞은편, 내 옆자리에 앉은 현우를 놀리며 나에게도 어서 맞장구를 치라는 듯 윙크를 하며 웃었다. 나는 언니를 보고 있었으므로 알았다. 언젠가 언니와 현우의 대화가 나에게 옮아오리라는 것을. 곁눈질로 보고 있었다. 같은 테이블에 앉게 됐을 때부터 현우는 언론사에 취직도 하고 싶고 자기 글(무슨 비평이라고 했다……)도 쓰고 싶다고 말하며 진지한 눈빛을 빛내던 남자였는데 솔아 언니는 내내 그걸로 오오…… 김훈 주니어…… 하면서 놀렸다. 의미 없는 놀림이었는데 현우는 발끈해서 김훈은 소설가고 자기 글쓰기는 그런 게 아니고 하며 구구절절 이야기했고 아마 그때부터 놀림의 굴레에서 빠져나오지 못한 듯 보였다. 그리고 모두가 술에 취하자, 현우가 본격적으로 자기가 쓴다는 비평, 쓸 거라는 기사, 최근 읽은 모든 칼럼에 대해 끊임없이 이야기를 해댔고 솔아 언니는 시종일관 현우의 말투와 말버릇에서 놀릴 거리를 찾고 있었다. 현우는 자신이 내뱉는 모든 문장을 강조하고 싶었는지 놀림을 받는 것을 눈치채지도 못한 채 연신 "~거든요"로 끝맺었다. 연달아 들려오는 "~거든요" 폭격에 나도 모르게 웃음이 터졌는데 솔아 언니는 그걸 놓치지 않았다.

방금 비웃었죠? 이 사람 말하는 거 비웃었죠? 거봐요 현우씨…… 나만 비웃는 게 아니라니까…… 그런 식으로 말하면 세상 사람들이 다 비웃는다니까……

그러면 현우는 또 펄쩍 뛰며 그게 아니라고, 다시 들어보라고, 제대로 들어보라고 징징거렸다. 왜인지 그런 억울해하는 모습이 밉지 않은 남자였다. 놀림을 잘 받는 것도 능력이지, 그렇게 생각했다. 잘난 척하는 건 좀 별로였지만. 현우가 잘난 척할 때마다, 혹은 뭔가를 억울해하며 해명할 때마다 솔아 언니는 장난스럽게 현우를 등지고 입 모양으로 나에게 말했다. '쟤.또.재.미.없.는.소.리.한.다'. 하품하는 척을 하기도 했다. 그 익살맞은 표정이 사랑스러웠다. 약올라 하는 현우와, 재밌어죽겠다는 솔아 언니의 얼굴이 웃겨서 또 웃었다. 간간이 솔아 언니와 눈이 마주쳐서 웃다보니 곁눈에 또 다른 사람이 걸렸다.

대각선으로 앉아 있는 섬세하게 생긴 여자였다. 조용히 술만 마시는 줄 알았는데 자세히 보니 그게 아니었다. 솔아 언니가 깨를 털듯 현우를 놀리면 그 모든 말에 두드려 맞은 현우가 혼미해져 있을 때 그 여자가 한마디를 더했다. 현우의 표정이 거의 무너지면 현우를 가운데 둔 두 여자는 그렇게 웃기다는 듯 배를 잡고 킬킬거렸다. 섬세하게 생긴 여자는 지원 언니. 말하자면 조용조용 마지막 펀치를 날리는 사람이었다. 두 사람은 현우를 놀리는 데에 이 밤의 모든 걸 바치고 있었다. 술자리니까. 원래 그렇게 죽자고 웃기로 하는 자리니까.

허무하고 즐거운 시간이 지나자 고백 타임이 왔다. 우리는 허물어지기 위해, 허물어지고 쌓아가기 위해 이런저런 자기 이야기를 했다. 가장 소중해서 가장 연약한 부분을 꺼내놓았다. 현우는 허무맹랑 타임과 고백 타임에 늘어놓는 이야기가 똑같았다. 그래서 종종 웃음이 터졌다. 언니들은 현우의 말이 끝날 때마다 아까 한 얘기 아니야? 하고 놓치지 않고 놀렸다. 그러나 다시 지펴보려고 해도 웃음의 불씨는 꺼졌다. 새벽이 깊었기 때문에.

우리는 아직 되지 못한 사람들이었고 뭔가가 되고 싶은 사람들이었다. 대단한 게 아니더라도 그저 지금 아닌 다른 모습을 원했다. 아주 조금이라도 지금보다는 나은 모습이고 싶어했다. 되고 싶다는 마음의 속성은 아마도 잘 시니컬해지지 못하고 아직도 소중한 것이 있고 그것 때문에 곧잘 울고 마는 촌스러움인지도 몰랐다. 잘 안 될 거라는 시그널이 발밑에 수북한데도 자꾸만 이상하게 잘될 거라는 믿음을, 들은 적도 본 적도 없는 파랑새 같은 낙관을 놓지 못하는 사람들. 나는 그 사람들이 전부 나 같았고 그래서 좋았다. 찐득한 떡처럼 들러붙는 사람들일 거라고 생각했다. 맨정신에는 너무 자기 검열이 심해서, 잔뜩 취해야만 찐득해지는 게 가능한 사람들이라는 건 그때는 몰랐다. 우리는 한층 진실된 목소리로, 보다 깊은 이야기를 나눈 서로에게 이상한 사랑스러움을 느꼈다. 온도나 질감은 조금 달랐겠지만 네 명 모두에게 중요한 순간임은 분명했다.

그날 밤의 이상한 기운으로 우리는 '되기 전 모임'을 만들었다. 누가 먼저 그런 걸 하자고 부추겼는지는 기억이 나지 않는다. 각자 되고 싶은 게 되기 전까지 필요한 노력들을 알아서 하는 모임이었다. 그 노력들을 글로 정리하는 게 원칙이었다. 내가 뭘 써야 해요? 라고 묻자 솔아 언니가 "아무거나 상관없어, 그게 우리가 뭔가 되는 데에 도움이 되는 거라면" 하고 제법 비장하게 말했는데 혀가 꼬여 웃기고 귀여웠다. 사랑스러워. 인형을 선물받고 품에 꼭 안은 아이처럼 나는 생각했다. 내 몸의 테두리 아주 가까이에서 사랑의 지느러미가 좌우로 세게 물살을 가르는 것이 느껴졌다.

*

사랑을 잘하려면 기억력이 좋아야 한다. 기억력이 좋은 사람이라고 전부 사랑을 잘하는 것은 아니지만. 때때로 사랑은 기억력을 좋아지게도 만든다. 나는 지원 언니가 좋아하는 캐릭터를 그리는 디자이너의 이름과 좋아하는 간식의 종류와 선호도를 안다. 초콜릿 코팅된 도넛, 아몬드 초콜릿, 콜라 맛 젤리 순이다. 솔아 언니는 젤리는 좋아하고 도넛은 좋아하지 않는다. 피칸파이는 먹지만 레몬파이는 먹지 않는다. 현우는 숲 향기가 나는 향수를 좋아하고 모자를 좋아하고 계피가 든 음료와 사진이 프린팅된 티셔츠를 좋아하지 않는다.

이외에도 언제나, 나는 이런 것들을 생각한다. 솔아 언니가 유독 지쳐 보이는 날이면 얼그레이파운드케이크를 함께 주문하고, 지원 언니가 좋아할 법한 번개무

늬가 수놓인 양말을 발견하면 사서 다음 모임에 가져갔다. 현우에게는…… 아무것도 하지 않으려고 했다. 친절을 베풀지 않으려고. 그에 대해 기억하고 아는 척하지 않으려고 했다. 그들에게 내가 할 수 있는 걸 해주고 싶었다. 그 모임을 지키기 위해서.

지금 그 모임은 사라졌고 우리는 전부 흩어져 뜨문뜨문 연락을 주고받지만 나에게는 아직 현우가 남았고 언니들과도 사랑 아닌 다른 어떤 것을 주고받았다. 언니들과 이야기를 나누고 집으로 돌아와 혼자 울게 되었던 것. 사랑이 아니라면 약점을 주고받았을 텐데 나에게 사랑은 약점이므로 결국 사랑이지 싶은 것.

우리 넷은 각별했지만, 서로를 주물러 영향을 줬지만 그 정도는 일대일로 연결된 사람들마다 다를 터였다. 무르기, 투명도 혹은 점성과 탄력성 같은 게 말이다. 처음에 현우는 부드러운 고리 같았다. 나와 지원 언니와 솔아 언니를 연결하는 고리. 늘 진지하기만 했던 현우가 가끔 하는 농담에도 익숙해졌다. 대부분은 듣고 두 손으로 훠이훠이 털어냈지만. 그런 반응에 망연자실해하는 모습도 귀여웠다. 그런 마음을 먹을 때부터, 나는 현우와 그렇게 될 줄 알고 있었나. 아님 애써 모른 척하고 싶었나. 결국 애인 사이가 된대도 솔아 언니와 지원 언니에게는 비밀로 해야지 싶었다. 이상하게 다른 때보다 좀 더 부끄러웠다. 결성된 모임에서 애인을 만들어버리는 일이. 두 언니는 사랑이나 연애보다 더 중요한 것에 골몰하고 있는 것처럼 보이는데 나만 이렇게, 애송이처럼 천둥벌거숭이처럼 사랑에 풍덩풍덩 빠진다는 게.

우리가 모임 장소로 정한 카페는 상수역 근처에서 보기 드물게 공간이 넉넉했고 테이블이 널찍했다. 모임에 나가면서 나는 작은 성당에 홀로 앉은 것처럼 안정감을 얻었다. 언니들이 있어서. 거기에 가면 누가 있다는 것이 좋았다. 우리가 자주 앉는 자리 뒤로는 커다란 창이 나 있어서 정원에 심긴 나무의 가지들이 창 가까이로 늘어지는 광경을 볼 수 있었다. 나는 주로 나무를 볼 수 있는 자리에, 창가 맞은편에 앉았다. 창가 자리 가장 안쪽부터 늘 먼저 오는 솔아 언니, 그 옆으로 지원 언니가 주로 앉았고 그래서 현우는 언제나 내 옆자리였다.

솔아 언니와 지원 언니를 알게 되어 마치 이란성쌍둥이 언니가 생긴 것 같은 기분이 들었다. 나는 필요에 따라, 기분에 따라 번갈아 언니들을 찾았다. 나름의 이유는 언제나 있었다. 나는 두 사람 모두를 엄청나게 좋아했는데, 아주 미세하게, 지원 언니보다 솔아 언니가 조금 더 어려웠다. 종잡을 수가 없어서 그랬다. 지원 언니가 단순하게 이해되는 반면, 솔아 언니는 날카로운 것 같으면서도 무던하고 따뜻한 것 같으면서도 비정했다. 복잡한 사람. 그래도 좋았다. 솔아 언니의 날카로움은 나를 해치지 않고(내가 스스로 겁먹을 뿐), 언니가 나를 좋은 사람으로 봐준다는 걸, 이유 없이 좋아해준다는 걸 알았기 때문이다.

내가 느끼는 것과는 반대로 대부분의 사람들은 지원 언니를 어려워했는데, 말수가 적고 어딘가 완고해 보이는 느낌을 주는 인상 때문인 것 같았다. 나에게도 지원 언니의 그런 면이 보이기는 했지만, 이상하게도 남들만큼 어렵지는 않았다. 우리는 전공도 비슷했고 좋아하는 것도 비슷했다. 좋아하는 건 곧 중요한 것과 맞닿아 있는 경우가 많아서 지원 언니와의 대화는 미끄럼틀을 타듯 자연스러웠다. 나도 모르게 성큼성큼 지원 언니에게 다가가고 붙들고 시간을 뺏고 내 얘기를 털어놓을 수 있었다. 미대를 나와서 타투이스트가 된 지원 언니. 언니에게는 작업실 선배들에게도, 모임 사람들에게도 한 번도 보여준 적 없던 것을 들켰다. 내가 그리는 만화였다.

가을장마가 길고 지루하게 이어지던 무렵이었다. 늘 먼저 와 있던 솔아 언니가 웬일로 늦으려는지 큰 창 아래 놓인 널찍한 테이블, 우리가 늘 앉는 그 자리가 텅 비어 있었다. 커다란 창밖으로 기세 좋게 비가 내리고 있었다. 비가 와서 거리에도 카페에도 사람이 없구나. 비 오는 날은 그래서 좋다가도 마음이 곧잘 불안해졌다. 잘 있다가도 문득 심장이 있는 쪽 가슴에 두 손을 대고 꾹 눌러보기도 했다. 나는 솔아 언니가 자주 앉던 창가 구석 자리에 앉았고, 잠깐 등 뒤에서 쏟아지는 빗줄기의 힘과 냄새와 소리를 느껴보았다. 그리고 아이패드를 꺼내 그리던 만화를 이어 그렸다. 고개를 잔뜩 수그린 채 패드에 코를 박고 말풍선 안에 '동생'의 대사를 적고 있었을 때, 시야에 심플한 나무 타투를 새긴 손이 슥 들어왔다.

주희 안녕?

지원 언니였다. 차갑게 내린 핸드드립 커피를 내 쪽으로 밀어주고 있었다. 나는 뭘 먼저 숨겨야 할지 몰라 그저 언니를 쳐다봤다.

음료도 안 시키고 있길래 나랑 같은 걸로 시켰어.

그 말에 고개를 끄덕였다. 아이패드 화면은 여전히 환하게 빛나는 채로 있었다. 지원 언니의 시선이 거기 닿아 있는 걸 아는데 손이 움직이지 않았다.

카톡 못 봤어? 오늘 현우씨도 솔아씨도 못 온대. 현우씨는 갑자기 일이 생겼고 솔아씨는 야근.

아아……

그거 네가 그린 거야? 봐도 돼?

나는 홀린 듯 고개를 끄덕였다. 지원 언니니까 그래도 된다고…… 생각했던 것 같다. 어쩐지 떨리는 마음으로, 지원 언니가 긴 손가락으로 패드 화면을 톡톡 치며 내가 그린 만화를 보는 모습을 지켜보았다. 언니의 툭 자른 단발머리와 내가 쓴 대사를 중얼거리는 옅은 분홍색의 입술을 보았다. 언니가 고개를 들고 나를 보며 환하게 웃었다.

너무 귀엽다. 너무 귀엽고 사랑스러워. 딱 너 같다.

나는 그 말을 듣고 왠지 울고 싶어졌다. 정말 울어버릴까봐 앞에 놓인 커피를 쪼록 빨아 마셨다.

그날 나는 두 가지를 느꼈다. 지원 언니가 현우씨는 일이 있대, 하고 말할 때 가슴이 부드럽게 내려앉던 것과 너무 귀엽고 사랑스러워, 딱 너 같다, 하고 말할 때 찌릿하고 폐 안쪽이 찔려오던 것. 내가 내심 현우가 오기를 기다렸다는 사실을 인정했고, 나의 사랑 없음 상태를 가리려고 사랑스러움을 잔뜩 걸쳐 입었다는 사실을 확인했다. 현우를 향한 마음은 익숙했고 나를 향한 마음은 낯설었다. 그러면 좀 안 되나, 하는 뻔뻔한 나와 그 정도는 아니야, 하고 변명하는 내가 있었다. 완벽하게 속여왔다는 도취감과 어설프게 거짓말을 했다는 불안감이 동시에 들었다.

사는 동안 나는 자주, 비틀고 지우고 덧칠한다. 어떤 사람들은 그걸 꿰뚫어 본다. 나는 그 사람들을 사랑할 수 있나?

다시 한번 말하지만 사랑하는 능력은 내 것이 아니다. 내 주위를 맴돌 뿐이다. 그러나 그동안 인정하지 않았던 것은, 사랑에게만 지느러미가 달려 있는 건 아니라는 점이다. 나에게도 헤엄을 칠 수 있는 팔과 다리가 있다. 나는 자연스러운 물길을 따라 흘러가는 척하면서 실은 사정없이 발버둥치고 있었는지도 모른다. 사랑 쪽으로 가려고. 더 가까이, 더 자주.

지원 언니에게 만화를 들켰다면 솔아 언니에게는 시에 숨겨둔 것들을 들켰다. 그건 내가 그렇게 적은 것이므로 유달리 들켰다고 하기에도 뭐하지만, 어쨌든 그걸 짚어낸 건 현우도 지원 언니도 아닌 솔아 언니였다. 내가 모임에 주로 가져가는 글은 시였다. 시에 가까웠다. 언제나 그림 위주로 생각해서인지 긴 글은 익숙하지가 않았다. 속에서 툭툭 불거지는 물음을 그대로 옮겨 적기에도 시가 가장 자연스러웠다. 언젠가 내가 제출한 시를 읽고 솔아 언니는 말했다.

주희 시에는 얼음이랑 촛불이랑 유령이 자주 나오네.

그러고는 동그란 눈으로 나를 쳐다봤다. 생각하는 눈이었다. 애써 외면하느라 하하 그런가요, 하고 웃었지만 영락없이 속을 들킨 기분이었다. 속 중에서도 속. 밑 중에서도 밑. 계속 감춰오던 어떤 것. 시에 계곡과 장마와 방학이라는 단어는 쓰지 않았지만 나의 십 년 전, 십 년 동안의 나를 한꺼번에 들켜버린 것 같았다. 조금만 더 얘기를 하면 전부 말해버릴 것 같아서 그날 나는 온종일 입을 다물고 있었다. 여느 때처럼 수다스럽지 않고 말이 없는 나에게 언니들은 어디 아파? 하고 물었고 나는 그저 교정 때문에, 오늘 유난히 아프네, 하고 핑계를 댔다.

그 뒤로 어쩐지 솔아 언니의 동그란 눈이 내가 그토록 노력해서 두른 얇은 사랑의 막을 찢을까봐 조마조마하게 되었다고 하면 우스울까. 그게 바로 솔아 언니를 좋아하면서도 불편하게 느끼는 이유였다. 마음이 오락가락했다. 나조차도 제어 불가였다. 나에게 제어 불가인 감정은 하나밖에 없었다. 제멋대로 방향을 정하는 사랑. 그러고 보면 정말로 사랑에 가까웠다. 솔아 언니를 향해 혼자서 속으로 왜 자꾸 아는 척해, 왜 멋대로 남의 걸 읽어, 내가 거기 숨겨둔 것까지, 하고 으르렁거리며 원망하고 있으면 언니는 불쑥 다가와 내가 잔뜩 날을 세워놓은 모서리들을 전부 둥글게 만들고 갔다. 언젠가, 솔아 언니는 나에 대해 그렇게 말한 적이 있다.

주희 너는 더키 같다.

덕희?

더키. 〈공룡시대〉 몰라?

모르는데요……

만화야. 나뭇잎이 전부 말라 굶주리던 초식 공룡들이 마실 물과 먹을 잎이 풍족한 땅을 찾아가는데, 지각 변동이 일어나 땅이 갈라지면서 각자의 무리에서 떨어진 아기 공룡 다섯 마리가 티라노사우루스의 공격을 피하며 목적지인 '푸른 낙원'에 도착하는 이야기. 주인공은 아파토사우루스고 이름은 리틀풋이야. 더키는 뭐였더라…… 기억이 안 나네. 더키는 입큰공룡이야. 그 만화에서는 공룡의 종을 아파토사우루스, 티라노사우루스, 이렇게 부르지 않고 목긴공룡, 칼이빨공룡, 하고 부르거든.

나 입 크다고요? 교정한다고 놀리는 거지.

전체적으로 다 닮았어. 입이 크고 활짝 웃고 속눈썹이 길고, 그리고 더키가 제일 귀엽고 제일 사랑스럽거든.

언니는 다섯 마리 중에 누구 좋아하는데요?

세라라고. 뿔셋공룡. 뿔셋공룡은 트리케라톱스야. 걔가 거기서 혼자 허세 부리고 고집부리는 욕심 많은 캐릭터거든……

그런 캐릭터가 좋아요?

좋았다기보다 마음이 쓰였어. 그런 캐릭터는 아무도 안 좋아할 거니까.

솔아 언니 말을 듣고 〈공룡시대〉를 봤다. 조금만 보려고 했는데 금세 다 보게 되었다. 아주 옛날 만화. 먹보공룡이 태어나자마자 풀을 와작와작 씹어 삼키는 장면과 잎이 전부 말라버린 땅에 떨어진 유일한 초록 잎에 물방울이 고이는 장면을 잊지 못할 것 같았다. 솔아 언니는 어린 공룡들이 그 잎을 먹지 않았다는 게 감동이었다고 했다. 거기다 대고 언니, 만화잖아요, 하고 웃지 못했다.

직접 보니 과연 푸른 낙원이 있다는 증거이자 아기 공룡 리틀풋의 엄마가 남긴 마지막 선물인 별 모양의 초록 잎을 아무도 먹지 않고 목적지까지 소중히 지니고 간다는 것에서 오는 잔잔한 감동이 있었다. 그 다섯 애기들이 그 작은 잎을 소중히 들고 다닌다니까. 팔이 있는 공룡은 들고, 네발로 걷는 공룡은 이고 지고. 만화영화를 보는 한밤중에 솔아 언니의 목소리가 들리는 듯했다. 솔아 언니가 말한 더키는 중반 이후쯤 등장했다.

그런데 예상치 못하게 더키가 등장하기 전에 나는 눈물을 쏟아버렸다. 주인공 리틀풋의 엄마가 리틀풋과 세라를 티라노사우루스로부터 구한 뒤 쓰러져 죽어가는 장면에서. 엄마 공룡의 목소리가 너무 부드럽고 좋아서. 죽어가는 이의 목소리가 그래도 되나 싶게 평화로워서 그만 울고 말았다. 일어나요 엄마, 아기 공룡이 그렇게 말하면 엄마 공룡은 대답한다. 일어날 수 있을지 모르겠구나, 리틀풋.

수많은 영화와 소설에서 빈번하게 마주치지만 그게 정말일까 아직까지 의심하고 있는 말이 있는데, 이 만화영화에도 그 말이 나왔다. 눈에 안 보이지만 언제나 곁에 있어, 곁엔 없지만 항상 너와 함께일 거야, 하는 말. 죽은 사람의 말. 산 사람에게 하는 말. 죽은 사람을 두고 하는 말. 죽음에 대한 진리 같은 말. 끊임없이 대사로 쓰이니까 아마도 진리에 가깝겠지. 나는 그렇게 생각한다. 보편적인 말들에는 이유가 있다고. 그것들을 이해하는 나이가 차츰차츰 올 거라고 말이다. 그러나 언제쯤일까. 그 말을 이해하게 되는 날은 말이다. 죽은 사람은 언제나 네 마음속에 살아 있을 거야, 하는 진리를 나만 깨닫지 못하고 있는 걸까. 그렇게 살아 있다면 살아 있는 게 아니라고 나만 저항하고 거부하고 있는 걸까. 아직 받아들이기 위한 시간이 내게 오지 않은 걸까.

*

지원 언니와 솔아 언니는 보이지 않는 끈으로 연결된

사람들 같았다. 물론 그 끈은 너무 잘 늘어나서, 겉으로 보기에 두 사람은 영 먼 것 같기도 했다. 하지만 그런 것도 없는 건 아니지. 내 주위로 지느러미 달린 사랑이 헤엄쳐 다니듯, 두 사람 사이에 매인 아주 가느다랗고 무한하게 늘어나는, 톡 치면 끊길 것 같은 투명한 끈 같은 것도 있을지 모르는 일이다. 둘은 내가 지금 더 다가가면 싫겠지, 저 복잡한 사람을 그냥 복잡한 채로 놔둬야겠지, 하는 마음들이 비슷했다. 실은 옆에서 지켜보는 게 너무너무 답답했다. 사랑에 일가견이 있는 사람으로서, 그런 두 사람에게 몇 마디 해주고 싶던 적이 한두 번이 아니었다.

있잖아 언니. 생각보다 사람은 자기가 절대 안 하는 행동을 하는 사람을 좋아한다. 나는 절대 안 하지만 저 사람은 나에게로 저벅저벅 걸어와줬으면 좋겠다고 생각해. 그 사람이 자기가 좋아하는 사람일 때면 말이야. 예의 같은 거 차리지 말고 지금 만나! 내가 그쪽으로 갈게! 하는 걸 좋아해. 모든 곳에 일괄 적용되는 법칙 같은 건 아니고, 그냥 그럴 것만 같은 순간들이 있어. 하지만 알면서도 언니들은 서로 가지 않지. 혹시나 무례할까 하는 마음에 말이야. 그리고 사랑은 혹시나 하는 순간에 조금씩 죽어.

하지만 그런 말은 하지 못하고 내 주위를 떠도는 지느러미 달린 사랑처럼 언니들 사이를 자유롭게 누비고, 넘나들고, 관찰했다. 언니들이 투명한 실로 실뜨기 같은 걸 하고 있을 때 나는 현우와 몸을 겹치고 잠드는 사이가 되었다. 언니들이 투명하고 물렁한 사이라면 현우와 나는 불투명하고 단단한 사이쯤 될 것이다. 우리는 서로의 손에 만져지고 잡혀주고 했으니까. 우리는 나란히 누워 그때그때 서로에게 좋다고 여기는 점과 좋지 않다고 여기는 점을 얘기해줬다. 대개 내가 먼저 물었다.

내가 좋은 점 한 가지 말해봐.

좋고 싫은 걸 자세하게 말하는 게 좋아. 그림을 그려서 그런가? 보이는 것도 보이지 않는 것도 관찰하는 능력이 엄청난 것 같아서 신기해.

안 좋은 점도 한 가지만 말해봐.

관찰을 너무 잘해서 내 못난 면도 전부 관찰하고 있어. 그리고 말을 잘해서 그걸 엄청나게 다양하게 변주해서 나한테 말해줘.

짜증나는 거 있으면 돌려 말하지 말란 소리지?

응.

내가 돌려 말하면 짜증나?

아니. 나는 네가 짜증난다고 말하면 그걸 고치고 싶어. 근데 돌려 말하면 어려우니까.

음.

나는?

너는 열심히 하는 사람이라 좋아. 안 된다고 생각하지 않는 사람이라서.

네가 보기에 나 기자 못 될 거 같아?

아니.

진짜?

응. 내가 생각한 건 다 반대로 돼. 공모전 준비하던 작업실 동기들도 내가 될 거 같다고 한 애들은 다 안 됐고 안 될 거 같다고 한 애들은 다 됐거든.

나 안 될 거 같다고 생각했구나.

아니 그건 아니고……

현우에게 건성으로 대답하며 나는 생각했다. 그래 나는 대체로 관찰하는 입장이었다. 그래서 사랑의 스테이지에서도 유리했다. 그런데 언니들에게는 온통 들키고만 말았다. 그런 느낌은 처음이라 신기했다. 창피하면서도 후련했다.

뭔가를 들켰다는 기분은 나에게 언니들이 더 가까운 존재로 느껴지게 하기도 했다. 연약해진 동시에 든든해지는 느낌이 들었다. 언니들을 양팔에 끼고 어리광을 부리고 싶었다. 실제로도 언제나 그런 포지션이었지만, 동시에 소외감이 들기도 했다. 언니들의 애정 어린 눈빛과 목소리를 듬뿍 받으면서도, 종종 언니들에게 필요한 건 서로이지 내가 아닌 것 같다는 느낌이 들었다. 나는 언제나 내가 사랑이 차고 넘친다고 생각했는데. 이상하게 구멍이 난 듯 아주 작은 사랑의 결정들이 살금살금 새어나가는 게 느껴지는 것 같았다. 이러다가 결국 텅 비게 되는 건 아닐까? 그럴 때마다 머리를 흔들어 소외감을 털어냈다. 그러지 않으면 자꾸 스스로를 향한 의심이 들러붙었으니까. 언니들에게 소중한 뭔가가 되지 못해서 현우를 사랑하게 된 건 아닐까? 설마 그랬을까? 그랬어도 달라지는 건 없다. 나는 눈에 보이고 손에 잡히고 안기는 걸 원해. 현우는 내 방식대로의 사랑. 사랑은 나의 성격이자 습관. 자랑이자 콤플렉스.

*

종종 모임이 끝나버린 날을 생각한다. 언니들이 떠나간 날. 지원 언니가 모임을 그만둔다고 일방적으로 카톡을 보내온 날. 그 둘이 사이가 서먹해진 건 진작에 눈치챘지만 그게 수면 위로 드러났던 날. 단톡방은 조용했다. 조용할 수밖에 없었다. 나머지 사람들이 무슨 말을 하기도 전에 지원 언니는 방에서 나가버렸다. 언니들 사이에 무슨 일이 있었는지 나는 알지 못했다. 알지 못했지만 알 것도 같았다. 별것도 아닌 일이겠지. 생각해보면 우리가 만난 것도 진짜 별것 아닌 이유에서였으니까. 그렇게 만나서 어느 누구에게도 말하지 않았던 것들을 말하고, 가까워지고, 특별해졌으니까. 멀어지는 일도 대단한 이유가 있어서는 아닐 것이다. 하지만……

언니들은 바보야. 내가 그 모임을 얼마나 좋아했는데. 언니들을 양옆에 세워두고 내가 얼마나 든든했는데. 언니들이 그걸 다 망쳤다. 원망은 불쑥불쑥 치솟았다. 잔잔하게 생각을 하다가도 속상해졌다. 언니들은 진짜 바보다. 서로 좋아하는 게 뻔히 보이는데 서로 터놓지도 않고 마음을 알아주지도 않고 그저 멀고 먼 곳에서 서로를 향해 눈짓이나 보내고 말도 건네지 않고. 그렇게 예쁜 유리처럼 살아서 뭐가 남나 보자. 그런 저주 비슷한 말까지 떠올렸다. 그럴 정도로 언니들이 미웠다.

지원 언니가 떠나고 모임은 조금씩 죽어갔다. 셋이서 간헐적으로 만나다가 결국 현우와 나만 남았다. 나는 몰두할 만한 일이 필요했다. 그래서 서너 달 동안 현우와 작업실 동료의 도움을 받아 작은 만화책 하나를 만들었다. '되기 전 모임'이 끝났으니까, 본격적인 건 아니더라도 뭐라도 되어봐야지 하는 마음이었다. 지원 언니에게 들켰던 그 만화였다.

인쇄된 작은 만화책이 전부 내 방 한쪽에 쌓이던 날, 지원 언니에게 전화를 걸었다. 언니의 목소리는 한숨이나 입김처럼 들렸다. 수증기나 안개 같은 것. 지원 언니를 보면 항상 언제 사라져도 이상하지 않다는 느낌을 받곤 했다. 그런 언니가 단톡방을 나갔을 때 아무 말도 못한 건 어쩌면 당연히 그렇게 되리라는 예감 때문이었는지도 몰랐다. 전화를 걸어 다짜고짜 그리로 가겠다고 했다. 어딘지도 모르면서. 꽤 오래 침묵하던 언니가 주소 하나를 불러줬다. 언니의 작업실에서 멀지 않은 곳에 위치한 옥탑방이었다.

짐이 빠지다 만 것 같은, 누가 살다가 급히 떠난 것 같은 어수선한 방에 언니는 오도카니 앉아 있었다. 방은 널찍했으나 보일러는 끊겼는지 바깥과 비슷한 온도로 추웠다. 앉은뱅이책상도 하나 없는 그런 곳 한가운데 섬처럼 지원 언니가 동그마니. 내가 들어서자 물 줄까? 하고 가방에서 오백 밀리리터짜리 삼다수를 꺼내 건네줬다. 나는 멀뚱히 서서 삼다수를 받고, 가방에 넣어 온 조잡한 떡제본의 만화책을 꺼내 내밀었다. 언니는 앉은 채로 긴 팔을 쭉 뻗어 내가 건넨 만화책을 받았다. 지원 언니는 어디에 있어도 자연스럽네. 힙스터 천국인 카페에 있어도, 피난 간 가족이 버리고 간 것 같은 방 한구석에 앉아 있어도. 그런 생각을 하며 어색하게 언니의 옆자리에 스르르 주저앉았다. 언니는 내가 어설프게 싼 종이 포장을 벗기고 그 만화네, 했다. 책장을 주르륵 넘겨보다가 어느 장면에서 멈췄다.

나 이 부분 좋아했어.

어디?

주인공이 포장마차에서 오뎅을 사 먹을 때마다 무조건 입천장을 데는데 매번 까먹고 포장마차가 보이면 오뎅을 주문하고 무조건 뜨거운 국물부터 마시는 거. 후 후 두 번 불고 마시고 또 덴다는 거.

그게?

입천장에 생긴 물집이나 얼얼함 같은 건 금방 잊고 국물이 맛있다는 것만 기억하는 캐릭터라 멋졌어. 아파도 좋아하는 걸 계속 반복하는 게. 나는 그러지 못하는 거 같아서.

……

여기 내 친구 집이야. 내 집은 정리했어. 이사 가려고.

언니.

나는 친구를 책임져야 한다고 생각하면서 살았는데, 결국 책임 못 졌어. 책임져야 한다고 생각할 땐 책임지기 싫었고, 책임 못 진다는 걸 알았을 때는 책임지지 못해서 괴로웠어. 지금도 여전히 그래.

……

주희야.

응.

나도 시간이 지나가면 너처럼 잃어버린 사람들을 다정하게 그리워하며 만든 무언갈 내놓을 수 있을까.

옥탑방 창밖으로 겨울비가 내렸다. 공기가 한층 차가

워졌고 우리가 내쉬는 숨이 하얗게 보였다. 뜨거운 오뎅 국물 마시고 싶네, 그런 생각이 들었다. 언니 그건 진짜 나야. 난 오뎅 국물 때문에 겨울만 되면 입천장이 너덜너덜이야. 그렇게 덧붙여주고 싶었는데 하얀 숨만 느릿느릿 쉬고 있었다. 우리의 코끝은 얼음장 같았다. 언니는 거의 얼음이 되어가는 것처럼 보였다. 희다못해 투명하게. 슬픔은 사람을 얼게 만드나.

언니랑 둘이 있으면 꼭 비가 와.

그런 것 같네.

비의 신이네.

현우가 할 법한 재미없는 농담을 하고 우리는 킥킥 웃었다. 몸의 끝부분이 전부 추웠는데도 차가운 벽에 기댄 채 한참을 앉아 있었다. 언니는 이제 겨울을 힘들어하게 될 것 같다고 말했다. 나는 그게 여름이었는데, 라고 말하는 내 목소리가 낯설었다. 그렇게 자연스럽게 말할 수 있을 줄 몰랐는데. 그랬지, 지원 언니와의 대화는 언제나 미끄럼틀을 타듯. 바람이 씽씽 들어오는 옥탑방에서 이제는 나가야 하는 시간이라는 걸 알았다. 놀이터를 떠나야 하는 때를 아는 아이처럼. 나는 반듯한 지원 언니의 옆모습을 보며 말했다.

가족이 떠나서 그리기 시작했던 만화를 언니들이 떠나서 완성하게 됐어. 그럴 수 있다는 건 참 재밌지.

……

언니, 내 동생 이름은 주현이야. 신주현.

지원 언니와 마주앉았던 그날, 쏟아지는 장대비에 갇힌 것 같던 카페에서, 더는 아무도 오지 않는 모임에서, 나는 처음으로 내 비밀을 얘기했다. 말을 꺼내고 싶은 마음과 꺼내고 싶지 않은 마음이 쾅쾅 부딪쳐 한참을 머뭇거리다가.

언니 내 만화 거짓말이야.

만화는 원래 거짓말이지.

요술램프에 빌던 소원 같은 거야.

그래서 그게 뭔데.

내가 하도 질질 끌었는지 지원 언니는 성격답지 않게 무슨 말이든 얼른 좀 하라고 했다. 언니는 누구에게도 재촉하는 사람이 아니었다.

나는 가족이 없어. 남동생이 죽었고, 그 이후 전부 흩어졌어.

지원 언니는 말없이 고개를 끄덕였다. 순식간에 언니

의 길고 순한 눈에 눈물이 가득차는 게 보였다.

지금 구구절절 말할 타이밍이구나, 싶어 나는 계속 말했다. 아빠는 아예 건설 현장 동료들과 숙소를 옮겨 다니며 살았다. 가끔 여동생 유희에게 문자를 보내곤 했지만 답 문자는 아주 늦거나 오지 않았다. 엄마가 보내는 문자에는 내가 답하지 않았다. 엉키고 끊긴 화살표들. 나에게 가족은 그런 이미지였다. 그 화살표를 구부리고 뒤집어본 게 내가 그리는 만화일 것이다. 자기 말만 하면서도 우르르 몰려다니는 귀엽고 엉뚱한 가족. 그건 판타지였다. 괴물이 나오는 쪽보다 훨씬 더. 나는 아빠는 울보에 엄마는 괴력 왕에 동생은 겁쟁이인 가족을 관찰하며 벌어지는 온갖 사건에도 허허실실로 웃기만 하는 '나'가 등장하는 만화를 그렸다. 그 캐릭터들을 미워하지 않고 귀여워하면서. 그들이 지닌 특성은 실제 내 가족의 성격을 뒤집어놓은 것이었다.

아빠는 술에 취하면 상 위의 물건을 던지는 다혈질이었고 엄마는 무기력하고 무관심한 신경질쟁이였다. 동생은…… 겁이 없었다. 겁이 없어서 죽었지. 여름이었고 방학이었고 장마철이었다. 비가 그친 지 얼마 되지 않아 공기가 싸늘하고 물이 불어난 계곡에 아무도 안

들어가겠다는데 거길 왜 들어가보겠다고. 왜 과신하고 과시해. 왜. 그 질문을 죽은 동생에게 수도 없이 했었다. 그리고 언젠가부터 나는, 내가 그린 '나'처럼 살았다.

언니는 눈물이 흐른 얼굴로 말했다.

너 같은 친구가 있어. 그런 가족이 있는. 그리고 그 이유로 자꾸만 죽겠다고 하는 애야.

……

나는 걔한테 그런 이유로 죽느니 가족하고 멀어지라고 했어. 나쁜 영향을 받을 바에는 헤어지라고 내가 부추겼거든.

……

그래서 지금 서울에 와 있어. 이십 몇 년 동안 못 벗어나던 가족과 고향에서 도망쳐서 내 옆에. 그런데…… 나는 그 애가 내 옆에서 죽을까봐 너무 무서워.

언니는 물방울이 잔뜩 맺힌 유리컵을 꼭 쥐었다. 표면에 온통 물방울을 매달고 있는 유리컵은 꼭 지원 언니 같았다. 밤이 깊을수록 장맛비는 거세졌고 심상치 않은 빗소리가 이상하게 무섭지 않았다. 소음 속에서 사락사락 사랑이 움직이는 것이 느껴졌다. 슬픔 곁에는 왜 항상 사랑이 맴돌까. 우리는 왜 비슷하게 슬퍼야만 감춰둔 사랑을 꺼내게 될까. 나는 이 이야기를 어째서 현우나 솔아 언니에게는 하지 못하고 지원 언니에게는 하게 된 걸까. 슬픔은 슬픔을 어떻게 알아보는 걸까.

*

솔아 언니에게 하고 싶은 말이 있다. 그때 웃으며 넘어가느라 하지 못한 말. 나를 귀엽고 사랑스러운 더키 같은 애라고 믿고 있는 언니에게는 하기 싫어서 하지 않은 말.

언니, 여름 시는 못 써요, 나. 여름, 계곡, 장마 같은 말은 아직도 못 써요. 그 대신 계속 그 물을 얼리는 상상을 해요. 단단한 얼음을 밟고 나온 동생이 오들오들 떠는 모습을 상상해요. 점점 반대로 생각하기의 선수가 되는 것 같아요. 나를 더키로 봐주는 사람들이 좋아서 늘 말하지 못했다. 나도 그 시선이 좋았기 때문에. 그게 없었으면 나아가지 못했을 거다. 하지만……

그게 전부는 아니지.

귀여운 가족 만화를 그리는 사람에게 가족이 없고, 상처에 무감한 캐릭터를 만들어내는 사람이 누구보다

상처를 오래 들여다본 사람일지도 모른다는 사실을 항상 생각하려고 해. 사람을 상상하는 일. 겉으로 보이는 행동이 전부라고 애써 믿으면서도 그 안을 조금이나마 헤아려보는 일. 나는 그런 걸 그만둘 수는 없는 것 같아.
사람은 주머니 같다. 나는 그 안이 궁금해. 이렇게 매번 실패하고 실패하면서도 계속 다른 사람의 주머니를 엿보거나, 내 주머니를 슬쩍 열어 그 속을 보여주고 싶다는 강렬한 마음이 있었다.

*

가끔 사랑이 죽은듯이 자고 있을 때면 현우를 괴롭힌다. 괴롭혀서 싸운다. 나는 내 주변의 아무하고도 다투지 않는데 오직 애인하고만 울고불고 싸운다. 큰소리로 시끄럽게 굴면 잠들었던 사랑이 깨어난다. 하품을 하고 몸을 비틀며 다시 움직인다. 사랑이 움직이면 그 파동이 퍼지고 퍼져 나에게 닿는다. 나는 그 순간을 사랑한다. 사랑의 에너지가 내 몸에 와서 닿는 순간.

하지만 그날 싸움을 건 것은 내가 아니라 현우였다. 지난달이었다. 아주 오랜만에 언니들에게 연락을 했는데 지원 언니는 광주로 내려갔다고 해서 만나지 못하고 솔아 언니만 만나고 돌아온 날이었다. 솔아 언니를 만나는 내내 뚱해 있던 현우는 집으로 돌아온 저녁에 나에게 말했다.

너 왜 나랑 만나는 거 솔아씨랑 지원씨한테는 얘기 안 해?

그걸 왜 이제 궁금해해?

이렇게 오래 얘기 안 할 줄 몰랐지.

나는 솔직하게 말할까, 에둘러서 말할까 고민했다. 그러다가 솔직하게 말하는 쪽을 택했다.

이렇게 오래 만날 줄 몰랐지.

현우는 내게 뱉으려던 독설을 삼켰다. 나는 말이 삼켜지는 순간의 공기를 잘 알았다. 나도 삼키는 쪽이었기 때문이다. 그것은 포기하는 마음. 작은 포기들은 소량의 독처럼 켜켜이 쌓여 사랑을 죽인다. 저 독이 현우 마음 속의 사랑을 죽이게 될까. 현우의 마음이 찢어지는 게 보였다. 그런 건 신기하게도 눈으로 보이는 것만 같다. 그날 현우는 내게서 등을 돌리고 잤다. 오늘밤 이후로 내 사랑도 죽어가려나? 괜히 조마조마했다. 나는 바로 누워서 사랑의 움직임을 느껴보았다. 그러나 이내, 여전히 사랑이 우리 둘의 근처에 머문다는 걸 알았다. 아직 가지 않았구나. 안도감이 들자 미안한 마음이 피어올랐다. 내가 언니들에게 관심을 기울이는 동안 자기 자리를 한 번도 주장하지 않았던 현우의 슬픔을 상상해 보았다. 슬픔을 지닌 현우를 상상하자 사랑이 살금살금 다가왔다.

상처받은 현우는 가르랑거리는 작은 짐승 같고 나는 그런 현우에게 너그러워진다. 너그러워진 나는 현우에게 용서를 구한다. 현우의 마음이 녹고 다시 나를 사랑하도록, 미안해, 그렇게 속삭여본다. 용서를 구하는 이가 전능해지는 이상한 구도가 사랑에는 있다. 그래 나는 이런 사랑 안에서만 신이지. 내가 현우의 등에 손을 갖다 대자, 불편할 텐데도, 잠든 채로도, 현우가 몸을 돌려 내 어깨에 머리를 기대어왔다. 졸음에 겨운 목소리로 현우가 물었다.

안 자?

자.

얼른 자.

현우야.

응?

우리 지원 언니 보러 갈까? 가서 언니 놀래켜주자. 우리 계속 비밀로 만나고 있었다고.

현우는 다시 눈을 감으며 고개를 끄덕였다. 진짜로 가기다. 그렇게 웅얼거렸다. 이상하지. 너에게 상처를 줄 때면 사랑이 살아나. 나는 조용히 가슴에 두 손을 얹어보았다. 슬픔이 차오르는 것 같은 자리에. 사랑이 지나가는 것 같은 자리에. 슬픔을 감지한 사랑이 오리발을 신은 수영 선수처럼 물살을 가르는 것 같았다. 사랑 곁에는 언제나 슬픔이 있는데 나는 어쩌면 그것만을 사랑하는지도 모르겠다고 생각했다.

탐정 이야기

이희주

내가 동경에 간 건 순전히 목란선녀의 예언 때문이었습니다. 그해 나는 스물여섯으로, 돌아보면 어렸는데 스스로는 이미 늙었다고 생각하고 있었습니다. 너무 늦어 기회는 없고 한 번의 실수로 나락으로 떨어질까봐 두려워했죠. 그래서 아무것도 하지 않은 채 시간만 보냈습니다. 그게 가장 확실한 추락인 걸 알면서도요.

대학을 나왔지만 그뿐이었습니다. 일도, 하고 싶은 것도 없었지요. 보통은 자거나 잠이 오길 기다렸고 갑갑한 날엔 무작정 걸었습니다. 운동이 보람 있는 사람도 있다던데, 딱히 그렇진 않더군요. 아마 죽을 만큼 열심히 하지 않아 그랬나봐요.

당시 내가 가진 기쁨이라곤 이따금 만나는 자두라는 노견뿐이었습니다. 처음엔 자두도, 나도 서로를 무시했는데 어느 날 자두가 내 냄새를 맡은 뒤로 우린 친구가 되었습니다. 손을 내밀면 자두는 안개 낀 눈을 하고 킁킁대다가 나인 걸 알아채면 미친듯이 핥았습니다. 축축하고 비린내가 나던 자두. 아주 무덥던 어느 날 이후 자두는 공원에 나오지 않았습니다.

나는 미래를 생각하면 자다가도 벌벌 떨었습니다. 하루에도 몇 번씩 꿈을 꾸었는데, 모두 해몽책의 가장 나쁜 페이지에 나올 법한 내용이었습니다. 높은 산으로 둘러싸인 마을에서 좀비에게 쫓기거나, 계단에서 미끄러지거나, 접시를 깨거나, 잇몸에선 이가, 머리에선 머리카락이 뭉텅 빠지는 꿈이었지요. 마지막 꿈은 거의 예언이어서 그맘땐 아침마다 베개 위에 떨어진 수북한 머리카락을 보곤 했습니다.

그게 다 운명을 거스르고 있어서라고 목란선녀가 말했습니다. 나는 휴대폰을 귀에 바싹 대고 조마조마한 심정으로 귀를 기울였습니다. 한동안 혼잣말로 중얼거리던 목란선녀가 불쑥 외쳤습니다.

“올해 안에 비행기 타야겠는데?”

"예?"

"해외로 나가야 한다고."

뭔 개소리냐 싶었죠. 그때까진 여권도 없었거든요. 용하다고 들었는데, 괜히 생돈 날렸다 했습니다. 그런데 며칠이 지나도 그 말이 떠나지 않는 겁니다. 올해 안에, 해외로, 나가야 한다…… 고민하다 일본에 가기로 했습니다. 일본에 대해 아는 건 별로 없지만 장벽이 낮아 보였거든요. 일단 거리도 가깝고, 문화도 비슷하고요. 영어는 잘 못하지만 국문과를 나와 어느 정도 한자를 아는데다 (좀 웃긴 소리지만) 일본인 평균 키가 작다는 것도 선택의 이유가 되었습니다. 혹시 싸움이라도 나면 큰일이잖아요.

나는 단어를 외우다 지치면 거울을 보며 싸움 잘하는 자세를 연습했습니다. 간단해요. 무릎을 살짝 구부린 채 눈은 정면을 응시한 다음 양팔을 옆구리에 붙여 방어하고 한쪽 주먹은 뺨에, 다른 쪽 주먹은 턱 옆에 두고 자신감 넘치는 소리로 "와라!"라고 외치는 건데…… 정말 바보 같은 짓이었죠. 자세가 문제가 아니라 싸움이 나면 주먹을 휘두르기도 전에 강제 귀환이니까요.

약간의 돈과 불안을 빼면 맨몸이었습니다. 그렇지만

떠난다고 생각하니 한편으론 마음이 편하기도 했습니다. 비행기표도 특가로 잡고, 때마침 할인하는 방도 찾았지요. 돌이켜보면 무서울 정도로 일이 술술 풀렸지만, 아무것도 의심하지 않았어요. 모든 게 운명이겠거니 싶었으니까요.

식구들은 바쁘고, 친구들은 은둔생활에 연락이 끊긴 지 오래라 공항엔 혼자 갔습니다. 괜찮다고 생각했는데 이륙하는 순간 창피할 정도로 눈물이 나더군요. 괜히 감상에 잠긴 척, 창밖을 내다보며 볼을 문질렀습니다. 그러고 나니 미친듯이 졸리더라구요. 꾸벅꾸벅 졸다가, 비행기가 거칠게 흔들려 눈을 떴을 땐 이미 해가 지고 있었습니다.

그 풍경을 잊을 수가 없네요. 처음엔 그게 뭔지 알 수 없었어요. 단지 구름이 아주 많다는 것만 알았지요. 그러다 천천히 분홍색이 되었고, 금방 컴컴해졌어요. 그리고 세상이 뒤집힌 것처럼 중간에, 주황색 선이 죽 가 있는 것도 보였습니다. 선 위와 아래는 검었죠. 하나는 땅인 것 같았는데, 다른 하나는 뭔지 알 수 없었어요. 비행기가 어디 있는지, 구름 위인지 아래인지도 알 수 없었죠.

그날은 동경역 근처 캡슐호텔에서 자고, 다음날 열쇠를 받아 집에 들어갔습니다. 벽에 흰 칠을 한 이층 건물로, 현관에 '호박마차カボチャ馬車'라고 쓰인 작은 팻말이 붙어 있었습니다. 여성 전용 셰어 하우스에 걸맞은 달콤한 이름이었지만 그걸 보자 엉뚱한 말이 떠올랐습니다.

―내가 〈신데렐라〉를 찍는다면 호박마차에서 시체가 발견되게 하겠다.

히치콕이었지요. 순간 목란선녀의 예언이 틀린 건 아닌가, 하는 불경한 생각이 들었지만 어쩔 수 없었습니다. 모아둔 돈은 다 썼고, 적어도 이고 지고 온 고추장과 된장은 먹고 가야 했으니까요. 너무 큰 걸 사서 결국엔 버리고 왔지만요. 그렇게 될 줄 알았다면 일찍 한국으로 돌아왔을까요? 아닐 거라고 봅니다. 어떤 일은 실패를 알면서도 하게 되니까요. 그게 관성이든, 예언 때문이든, 우주적인 운명에서든 말입니다.

*

나는 곧장 일을 구했습니다. 돈도 없었지만, 그보다

는 목란선녀의 지시 때문이었습니다. 그는 나보고 평생 일을 해야 하는 팔자라고 했습니다. 그래야 고통스럽지 않다고요. 그 말을 전하자 엄마는 한숨을 쉬었지만 어쩔 수 없었습니다. 그렇다고 다시 뱃속으로 기어 들어가 천운의 때에 맞춰 태어날 순 없잖아요.

처음엔 옷가게에 이력서를 넣었습니다. 두 명의 일본인과 함께 면접을 봤는데 내게만 질문을 적게 하는 게 느낌이 영 좋지 않았습니다. 예상대로 떨어졌지요. 잡화점 면접 때도 마찬가지였습니다. 두 군데의 카페에선 답장조차 오지 않았지요. 나는 시내에서 일을 구하는 걸 포기하고 동네 편의점에 이력서를 넣었습니다. 거긴 항상 직원 모집 공고가 걸려 있었거든요.

첫날 쉬는 시간에 사장이 이런저런 얘기를 들려주었습니다. 고등학생 때 수학여행으로 한국을 갔다는 것과(들어보니 올림픽도 전의 일이었습니다. 물론 서울올림픽이요) 동창 중 야키니쿠집을 하는 친구가 있다는 얘기였습니다. 요코하마에서 장사하는 친구는 못 본 지 수년은 된 듯했고, 김포에 착륙해 부산과 경주를 거친 여행은 큰 인상을 남기지 않은 듯했지만 사장의 얘기는 꽤 흥미로웠습니다. 그때 일본은 부자 나라였고, 난 돈

많은 사람 얘기를 좋아하거든요. 가난 얘긴, 글쎄요, 마늘 같죠. 어디에나 잔뜩 있는데 굳이 들을 필요는 없잖아요.

나는 사장의 고교 시절을 상상했습니다. 비행기를 타고 김포에 내린 까까머리가 맡은 건 아주 다른 땅의 냄새였을 겁니다. 불고기와 잡채를 먹을 생각에 군침을 삼키는 친구, 옆 반 여학생의 새로운 모습에 들뜬 친구, 멀미도 나지 않는지 조용히 팸플릿만 들여다보는 친구 옆에서 고등학생 오쿠무라는 바다 하나만 건너도 다르다, 세계는 의외로 가까운 곳에 있다…… 그런 생각을 했는지도 모릅니다. 그땐 지금처럼 미세먼지가 없었으니 하늘에 조각구름이 떠 있는 게 보였겠지요. 강물엔 유람선이 떠 있었을 테구요. 저마다 누려야 할 행복이 언제나 자유로운……

"우리 가게는 세계적입니다."

사장이 말했습니다. 무슨 소리인가 했더니 손가락을 꼽으며 가게에 중국인 넷, 스리랑카인 하나, 심야에 일하는 몽골인과 태국인, 그리고 일본인 아버지와 필리핀인 어머니에게서 태어난 고교생 직원과 한국인 둘이 있다고 하더군요. 나 말고도 한국인이 있냐고 묻자 사장이 고개를 끄덕였습니다.

"이 상이라고 있어요. 다음에 같이 일하면 좋겠네요."

그 말을 하고 사장이 말없이 시계를 보았습니다. 어느샌가 쉬는 시간이 끝나 있었습니다. 깜짝 놀라 유니폼을 꿰입고 나가는데 이상하게 가슴이 두근댔습니다.

금방 볼 수 있을 거라고 생각했지만 내가 이 상을 만난 건 한참이 지난 다음이었습니다. 사장에게는 가게가 세 개 있었고 이 상은 본점에, 나는 2호점에 주로 들어갔거든요. 하루는 백룸에서 옷을 갈아입는데, 모르는 사람이 들어왔습니다. 그맘때 자주 결원이 생겨 대타로 온 사람이겠거니 하고 눈인사만 슬쩍 했는데 뒤따라온 점장이 그러더군요.

"오늘은 한국인이 둘이네."

"한국인이세요?"

그 말에 놀라 나도 모르게 한국말로 외치자 눈치 빠른 점장이 되물었습니다.

"뭐야, 둘이 몰라?"

점장이 간단하게 인사를 시켜주었습니다. 여자의 이름은 이지윤이었고, 이번 달부터 이쪽으로 배정되는 날이 많다고 했습니다. 나는 내 이름을 말하고 고개를 꾸벅 숙였습니다. “잘됐네. 같은 한국인끼리.” 점장이 가볍게 어깨를 두드렸습니다. 나는 조금 얼굴을 붉혔습니다. 마음 같아선 더 이야기를 나누고 싶었지만 시간이 없어서 쫓기듯 출근 카드를 찍고 백룸을 나섰습니다.

나는 입이 가벼운 타입이 아닙니다. 이따금 과묵하다는 소리를 들을 정도로 조용한 편이지만 특히 우울하게 지낸 지난 몇 년간은 하루에 한마디도 하지 않은 날이 태반이었습니다. 말이 나와 하는 소리지만 나는 사람들이 묵언수행을 하는 게 이상하다고 생각하는 편이기도 했습니다. 뭘 하는 게 어렵지 안 하는 게 어렵진 않았거든요. 하지만 나는 붓다나 초인이 되고 싶은 게 아니었습니다. 그냥 적당히 인간답게 살고 싶었을 뿐이죠. 그래서 입에서 회백색 침이 나오겠다 싶을 땐 빌리 조엘의 〈어니스티Honesty〉를 불렀습니다. 아무 말이나 떠들 순 없으니까요.

그런데 그날은 나도 모르게 지윤에게 자꾸 말을 걸게 되었습니다. 오랜만에 한국어를 해서일까요. 깨진 병에서 기름이 새듯 내 얘기를 줄줄 늘어놓게 되었습니다. 난 스물여섯이고, 일한 지는 이 주가 안 되었고 어쩌고저쩌고. 보통 그러면 자기 얘기도 할 법한데 지윤은 입을 다물고만 있었습니다. 원래 소심한 사람이 자기보다 소심한 사람 앞에선 대범해지는 법입니다. 혼자 기이한 의무감에 사로잡혀 말을 놓자고 할까? 저녁을 먹자고 할까? 고민하는데 지윤이 어딘지 당혹스러운 표정으로 입을 열었습니다.

"저기,"

"네?"

"죄송한데 일하는 중엔 얘기 안 하는 편이 좋지 않아요?"

그러곤 어린애에게 일 더하기 일은 이라는 걸 가르치는 듯이 느릿느릿하게 되풀이하더군요.

"그리고 될 수 있으면 일본어 할까요? 일하는 중이잖아요."

그 뒤로는 말 그대로 일만 했습니다. 원칙적으론 지윤의 말이 옳았으니까요. 내 나름대로 손님이 없고, 점장이 자리를 비웠을 때만 말을 걸었지만, 그애가 불편하다면 불편한 거죠. 그래도 떠날 땐 제대로 인사를 하려나 싶어 일부러 기다렸는데 지윤은 다른 사람에게 하듯 고생하셨습니다, 한마디만 하고(그것도 일본어로 하더군요) 뒤도 보지 않고 나갔습니다. 내가 뭘 어떻게 한 것도 아니고, 그냥 말이나 트고 지내자는 거였는데 그걸 보니 구애를 거절당한 것처럼 민망하고 화도 나더군요.

그러니 내가 하우스 앞에서 지윤을 만났을 때 얼마나 놀랐는지는 말 안 해도 아실 겁니다.

"여기 사세요?"

장을 보고 왔는지 흰 봉투를 들고 있는 지윤이 반가워서 툭툭 쳤더니 그가 기절할 것처럼 눈을 크게 떴습니다. 나도 모르게 변명하는 투가 나왔습니다.

"저도 여기 살아요. 여기…… 104호요."

"아, 예. 그럼 전……"

"저기, 시간 되면 나중에 밥이라도 먹어요."

지윤은 내 말은 듣는 둥 마는 둥 하더니 후다닥 신을 벗고 이층으로 올라갔습니다. 도망치듯 재빠른 움직임에 나는 어리둥절한 기분이 되어 천천히 방으로 들어갔습니다. 먹다 남은 도시락을 데웠지만 입맛이 없었습니다. 미적지근한 단무지를 버리고 잠자리에 눕자 노래가 저절로 흘러나왔습니다.

따스함을 얻는 일은 그리 어렵지 않아 그냥 사랑하며 살면 돼 하지만 진실을 구하는 건 정말 힘든 일이야 항상 찾기 힘든 바로 그건 어니스티 참 외로운 그 말 거짓된 세상 속에서 으어어니스티 정말 듣기 힘든 말 네게 듣고픈 한마디…… 옆방 사람이 벽을 내리쳤습니다. 나는 깜짝 놀라 벌레처럼 몸을 우그러뜨렸습니다.

"미안합니다."

그 말을 뱉자 갑자기 귀 옆으로 눈물이 또르르 굴러갔습니다. 징징대지 말자. 나는 베개에 얼굴을 문지르며 굶어 죽는 사람들을, 팔다리가 잘린 소년병과 부러진 손톱으로 벽에 유언을 새기는 정치 사범을 생각했습니다. 그 사람들에 비하면 나는 무척 행복한 사람이었습니다. 조금 춥지만 지붕이 있는 방도 있고, 일자리도 있고, 내일 먹을 음식도 있었죠. 그러자 심장에 사는 작은 인간이 문을 열고 나와 빈정거렸습니다. 크리스마스에 록펠러센터 아이스링크에서 스케이트를 타는 연인을 생각해. 롯폰기 고층 아파트에서 반짝이는 동경만을 내려다보는 사람을 생각해. 뜨거운 접시를 앞에 두고 내가 부자가 아니라 우리 할아버지가 부자야, 라고 눈물을 흘리며 고백하는 사람과…… 네 미래를 생각해. 그래도 네가 행복할까?

나는 그 자식을 살살 불러 팔다리를 포박한 다음 마

룻바닥에 얼굴을 짓이겼습니다. 나는 행복하다! 나는 행복하다! 나는 행복하다! 세 번을 윈 뒤에야 넝마쪽이 된 난쟁이는 엉엉 울며 돌아갔습니다. 나는 겨드랑이에 흐르는 식은땀을 닦으며 키를 잡았습니다. 물결은 잔잔했고 멀지 않은 곳엔 오늘밤 정박할 꿈의 나라가 보였습니다. 캡틴! 괜찮습니다! 전망은 밝습니다! 온몸의 세포가 오두방정을 떨었지만 나는 조용히 시가를 물고 먼바다를 바라보았습니다. 나처럼 숙련된 패배자는 아무리 고요한 바다라도 쓰나미의 씨앗을 품고 있다는 걸 잊지 않는 법이거든요.

*

그날 이후 지윤과 사적인 얘기를 나눈 적은 없습니다. 될 수 있으면 일본어로 대화를 나눴고 한국어를 할 때는 존댓말을 했습니다. 그건 예의도 뭣도 아닌 거리감의 표현이었지만 사람들은 지윤과 내가 친하다고 생각했습니다. 만약 무인도에 갇혀야 한다면 나는 지윤이 아닌 다른 외국인 직원을 고를 텐데요. 그들이 할 줄 아는 말이라곤 대개 어서 오세요, 감사합니다, ××엔입니다와 너를 지키기 위해 나는 이 세계에 태어난 거야……뿐이었지만요.

하지만 나 역시 사회적 동물이라 다른 직원들의 기대에 맞춰 지윤과 어울렸습니다. 가끔은 내 쪽에서 먼저 농담을 던질 때도 있었고요. 그러나 연극은 우리 둘이 남겨진 순간 막을 내렸습니다. 내가 달뜬 숨을 고르고 있으면 지윤은 비품을 채운다느니 하며 서둘러 자리를 비웠습니다. 이상한 소리지만 같은 집에 산다는 게 우리를 더 어색하게 한 것 같았습니다.

하지만 우리의 애매한 관계도 머잖아 끝났습니다. 지윤이 일을 그만둔다고 했거든요. 그 말은 곧 한국으로 돌아간다는 뜻이었습니다. 그걸 알고 나니까 나를 대하는 지윤의 뜨뜻미지근한 태도도 이해되었습니다. 떠나는 판국에 새 친구를 사귀어봤자 짐만 되지, 뭐가 더 되겠어요.

어느 주말 밤 회식이 있었습니다. 점장은 나의 환영회를 겸하는 거라고 했지만 누가 봐도 그날의 주인공은 지윤이었습니다. 나는 반쯤 투명인간이 되어 지윤의 개인기를 지켜보았습니다. 그렇습니다. 정말 개인기라고 밖엔 할 수 없는 사회성 높은 대응이 이어졌습니다. 그

때문인지 그 자리의 몇은 지윤에게 호감을 갖는 듯했습니다. 내 눈엔 그냥 짧게 잘랐네, 싶은 숏컷도 아마 그들에겐 히로스에 료코 풍으로 보였겠지요.

일차가 끝나고 자리를 옮기게 되었습니다. 내일 일찍 출근한다는 핑계로 일어나는데 놀랍게도 지윤이 함께 일어섰습니다. 지윤은 아쉬운 소리를 하는 사람들을 익숙하다는 듯 웃으며 내쳤습니다. 다시 보자는, 기약 없는 인사를 나눈 후 멀어지는 사람들을 보며 지윤이 한숨을 쉬었습니다.

"갈까요?"

그 말을 하던 지윤의 얼굴은 전구가 뚝하고 꺼진 듯 그늘져 있었습니다.

굴다리를 통과하자 먹자골목의 소란이 꿈인 것처럼 조용했습니다. 바람이 등을 떠밀었고 역사 스피커에서 또박또박한 음성으로 오늘의 운행이 종료되었다는 안내가 반복해 나왔습니다. 조그만 스낵바 안쪽에서 마담이 턱을 괴고 채널을 돌릴 뿐, 불이 켜진 창도 없었습니다. 우리 두 사람을 제외하곤 사방에 개미 한 마리도 보이지 않았습니다.

그런데 잠시 뒤, 먹먹해진 귀를 뚫고 발소리가 들렸

습니다. 힐끗 돌아보니 키가 작은 남자가 서 있었습니다. 처음엔 가는 방향이 같구나, 하고 무시했는데 점점 등골이 오싹해졌습니다. 횡단보도를 건너고, 몇 개의 모퉁이를 돌았는데도 같은 방향일 가능성이 얼마나 될까 싶어서요. 나는 지윤의 귀에 한국어로 속삭였습니다.

"누가 따라오는 것 같은데요."

지윤이 돌아보지도 않고 대꾸했습니다. "니카이도상이에요. 같이 일하는."

그 말을 듣자 테이블 맨 끝 구석에 앉아 있던 사람이 떠올랐습니다. 고민이 있는 것처럼 인상을 쓰고, 맥주를 독주처럼 삼키던 사람이었지요.

딴에는 기사도를 발휘하는 듯 거리를 둔 채 우리를 따라왔습니다. 그런 게 달가울 때도 있고 나대네? 싶을 때도 있는데 그날은 후자였습니다. 특히 그가 옆이 아닌 뒤에서 몰래 쫓아온다는 점이 가장 기분 나빴습니다. 나는 엉덩이가 좀 큰 편이라, 늘 뒷모습에 신경이 쓰였거든요. 다행히 불쾌함이 살의로 바뀌기 직전 〈호박마차〉가 보이기 시작했습니다. 나는 약간 안심하며 뛰듯이 걸어 현관에 도착했습니다. 주머니를 더듬거리며 열쇠를 찾는데 발밑에 그림자가 드리웠습니다. 니카이도였습니다. 괜히 민망해 지윤의 얼굴을 보았지만, 그앤 니카이도를 알은척도 안 했습니다.

"얼른 들어가요."

지윤의 재촉에 나는 문을 열었습니다. 들어가기 직전, 니카이도를 향해 고개를 숙였지만 그는 지윤을 보느라 내가 뭘 하든 신경도 쓰지 않았습니다. 나는 기분이 나빠 문을 세게 닫은 뒤 지윤에게도 인사를 않고 내 방으로 들어갔습니다. 일층 창가 옆을 한동안 서성이던 그림자는 한참 뒤에야 발소리를 내며 멀리 사라졌습니다.

나는 드러누워 잠을 자려 노력했습니다. 그럴수록 등 밑에 콩 하나가 깔린 것처럼 잠이 오지 않았습니다. 뜨거운 차를 마실까 지금 자면 다섯 시간은 잘 수 있어…… 네 시간을 잘 수 있어…… 그렇게 헤아리다가 음악이나 들을까 내일은 손님이 많을까 지윤의 방은 어떨까 이층은 오르내리기 번거롭겠지 지윤과 니카이도는 왜 그렇게 싸가지가 없는 걸까 둘은 무슨 관계일까…… 이런저런 생각을 하며 간신히 잠이 들려는데 갑자기 무언가 스쳐지나갔습니다. 아무리 여기 사람들이 한국인들보다 체구가 작아도 그걸 이제 알아챘다는 게 이상했습니다. 그건 술 탓이고, 밤 탓이었습니다. 술집의 조도가 지나치게 낮은 탓이었고, 열 중 아홉이 피우던 담배에서 피어오르던 연기 탓이기도 했지요. 하지만 그보다 중요한 건 그가 다른 사람에게 그렇게 보이고 싶어해서였습니다. 그러니까, 남자처럼요.

니카이도는 여자였습니다.

*

니카이도의 집은 〈호박마차〉의 반대 방향이었습니다. 그날 그가 우리를 제딴은 데려다준답시고 쫓아온 건 지윤을 좋아하기 때문이었습니다. 지윤도 그 사실을 아는 것 같았습니다. 아니, 모두 알았지만 대놓고 말하는 사람은 없었습니다. 보통의 남녀관계라면 장난스러운 놀림과 응원의 대상이 됐겠지만, 아무래도 좀…… 같은 느낌이 있었거든요. 다들 예의를 차리는 듯했지요.

하지만 그 사랑도 끝이었습니다. 지윤은 곧 돌아갈 테고, 이곳과 바다 너머는 삶과 죽음만큼 멀리 떨어져 있으니까요. 그 탓인지 가끔 보는 니카이도의 얼굴은 비참할 정도로 일그러져 있었습니다. 타인의 사랑이 늘 그렇듯 우습기도 했지만, 솔직히 말하면 그의 쓸쓸함이 이해가 되지 않는 건 아니었습니다. 지윤은 내가 한국어로 이야기할 수 있는 유일한 사람이었으니까요. 이따금 늦은 저녁 작은 빛이 반짝이는 창을 올려다보며 집으로 향할 때면, 나는 저 중 어느 게 지윤의 방일까 생각하다가 묘한 애수에 잠기기도 했습니다. 그앤 이미 떠났을 텐데요.

다행히 내겐 머잖아 친구가 생겼습니다. 못 보던 얼굴이 세탁기 앞에 한참을 서 있길래 빤히 보자 그가 기대에 찬 표정으로 물었습니다. "혹시 한국 분이세요?" 그 말을 듣자 내가 무척 외로웠다는 걸 알아챌 수 있었습니다.

우리는 빨래가 돌아가는 동안 내 방에서 차를 마셨습니다. 여자의 이름은 지헌으로, 얼마 전 이층에 새로 들어온 한국인이었습니다. 내겐 그를 초대한 것이 타지살이의 외로움에서 비롯한 충동이었지만 그에겐 당연한 일 같았습니다. 한마디로 넉살이 좋더라구요. 그는 곧장 나를 언니라고 부르더니 자기는 대학생이고 졸업을 한 학기 앞두고 있다, 취직이 안 될 것 같아서 그냥 도망쳤다 등등 묻지도 않은 얘기를 쏟아내곤 뜬금없이 그러더군요.

"언니, 여긴 만 나이 써서 좋지 않아요?"

다른 사람들처럼 자신이 벌써 늙었다고 생각하는 것 같았지요.

지헌은 착하고 좋은 사람이었습니다. 좀 깔끔을 떨긴 했지만요. 한번은 멜론이 싸게 나왔길래 한 통 산 적이 있습니다. 막상 집에 들고 와서 보니 좀 크기도 하고, 나눠 먹으면 좋겠다 싶어 깍둑썬 걸 지헌의 방에 들고 갔죠. 문을 여니 지헌이 걸레질을 하고 있길래, 딴은 배려한다고 침대 위로 올라가서 기다렸는데 어느 순간 보니 지헌의 표정이 좋지 않았습니다. 놀라서 무슨 일이냐고 조심스레 물었더니, 갑자기 얼굴이 빨개지면서 그러는 겁니다.

"언니, 죄송한데 발 좀 씻고 와주시면 안 될까요?"

거기까지만 해도 충분한데 자기도 민망한지 한마디 더 덧붙이더군요. "제가 체취에 민감해서요."

그 일로 어색해지진 않았습니다. 그날 내가 맨발에 운동화를 신긴 했었거든요. 마트는 집에서 오 분도 안

걸리고, 장을 보는 데는 삼십 분도 안 걸렸지만…… 그게 뭐가 중요하겠어요. 냄새…… 같은, 그런 지적을 받은 건 오랜만이랄지, 실은 처음이라, 뭐랄까, 인간으로 까발려진 것 같은 기분이 들었지만요.

그래서 지헌이 청소 아르바이트를 구하려고 했을 때 그럴 법하다는 생각이 들었습니다. 물론 놀라지 않은 건 아니었지만요. 까놓고 말해 청소부가 스타벅스 파트너는 아니잖아요. 지헌은 매일 청소업체 사이트를 들락거렸습니다. 괜히 나 혼자 안타까워 편의점은 어떻냐고 물으니 자긴 일본어를 못한다면서 거절하더라구요. 나도 못한다고, 돈 받고 건네기만 할 줄 알면 된다고 했더니 웃기만 했고요. 더 뜯어말려봤자 괜한 참견만 될 것 같아 입을 다물었지요.

그러나 청소일을 구하는 것도 말처럼 쉽지는 않은 듯했습니다. 어떤 곳에선 마흔 이상의 여자만 찾았고 어떤 곳에선 스물다섯 이하의 여자만 찾았습니다. 어떤 곳은 최저시급도 못 맞췄고 또 어떤 곳은 지나치게 높아 수상했고요. 결국 지헌은 고르고 고른 끝에 남자 사장이 운영하는 한인 민박(말은 그렇지만 불법 에어비앤비 같더군요)에 연락을 했습니다. 처음엔 좋다고 웃으며 나가더니, 며칠 있지 않아 얼굴이 하얗게 질려 돌아와 방문을 잠그고 엉엉 울더라구요. 무슨 일이 있었을까, 대충 짐작은 갔지만 아무 말 하지 않았습니다.

대신 상상의 배 위에서 회칼로 친 민박 사장을 갑판 아래로 처넣었습니다. 거기선 우리 배의 밀항자 — 병원놀이를 하자던 ×××, 나를 때린 ×××, 내 지갑을 훔쳐간 ×××가 껌처럼 눌어붙어 죽어가고 있었지요. 난쟁이가 힐끔 문을 열고 내다보더니 중얼거렸습니다. 또 망상에 빠졌구나. 어차피 저 새끼들 다 두 다리 뻗고 잘 살고 있다고……

나는 곧장 난쟁이를 상어밥으로 던졌습니다. 푸른 바다에 피거품이 보로로 올라오는 걸 보니 통쾌했지만 내심 난쟁이의 말이 옳다는 걸 알았습니다. 조금 착잡했지요.

다시 편의점 일을 추천할까. 간단한 접객 용어를 적어줘야겠다, 그런 생각을 하며 잠을 설쳤는데, 다음날 노크 소리에 문을 여니 지현이 피비린내가 나는 봉투를 들고 활짝 웃고 있었습니다. 순간 죽였나? 하는 말도 안 되는 생각(누굴?)이 들었는데, 지현이 방문을 비집고 들어오더니 춤을 추었습니다. 얼결에 같이 손을 잡고 한참 제자리를 뱅글뱅글 돌고 나니 얼굴이 빨개진 지헌이 쌕쌕대며 웃었습니다.

"언니, 저 내일부터 일해요."

"예?"

"그, 역에 가는 길에 모텔 많잖아요. 거기, 문 옆에 청소부 구한다고 해서 들어갔더니 내일부터 오라던데요?"

순간 덜컥 겁이 나더군요. 얘가 말도 못하는데, 좀 이상한 데 당한 게 아닌가 싶어서요. 그러나 지헌은 웃으며 고개를 저었습니다. "에이, 제가 그렇게 바보겠어요? 내일 올 때 재류 카드 복사본이랑 도장을 가지고 오래요. 그냥 사람이 급한가봐요." 그 말을 듣자 여전히 미심쩍긴 했지만 조금은 안심이 되었습니다. 그런 걸 요구하는 걸 보면 최소한 불법은 아니겠구나 싶어서요.

우리는 지헌이 합격 턱으로 사온 고기를 먹었습니다. 팬이 워낙 작았던 탓에, 밥공기를 들고 부엌에 서서 자글자글 튀는 기름을 맞으며 쌀밥에 삼겹살을 밀어넣는데 지헌이 잘 먹다 말고 엉뚱한 소리를 하더군요. 아무래도 일본어를 못해서 붙은 거 같다고요. 그게 무슨 소린가 싶어 물으니 지헌이 목소리를 낮췄습니다.

"여기 사람들은 사생활을 중요하게 생각하잖아요.

그래서 직원들이 말을 엿듣고 그럴까봐 외국인을 좋아하는 거 같아요. 그렇다고 너무 까마면 좀 그러니까……"

지헌이 어깨를 으쓱했습니다. "무슨 말인지 아시죠?"

좀 그렇다는 게 뭔지…… 말이 좀 그렇긴 했지만 어쨌든 잘되었다고 했습니다. 민박에서 혼자 일하는 것보단 모텔에서 여럿이 일하는 게 더 안전할 것도 같았고요.

하지만 역시 일은 쉽지 않은 듯했습니다. 주말에 대청소를 하고 있는데 누군가 문을 두드리는 소리가 들렸습니다. 지헌이었습니다. 오전 내내 자고 일어났다고 하는데도 얼굴은 병든 노인처럼 어두컴컴했습니다. 뭐라도 먹여야 할 것 같아서 입맛이 없다는 지헌을 끌고 나와 밥을 사준 뒤, 한결 얼굴이 뽀얘진 그앨 카페로 데려갔습니다. 끝이 뾰족한 생크림이 올라간 딸기케이크를 조심조심 파먹으며 일은 좀 어떤지 묻자 지헌이 포크를 내려놓더니 한숨을 푹 쉬었습니다.

"언니, 사람들 너무 추잡스러운 거 같아요."

예상했던 답이라 크게 놀라지 않고 고개를 끄덕였습

니다.

"알아요. 전기포트로 속옷도 삶는다면서요."

그러자 지헌이 고개를 저었습니다. 그게 아니라 요즘은 그냥…… 포르노를 처음 본 남중생이 된 것 같대요. 전철을 기다리다가도 아, 저 사람도 혹시? 마트에서 줄을 서다가도 아, 저 사람도 혹시? 이런 생각이 든다면서요. 콘돔이 나오는 건 당연했지만 요거트와 마요네즈와 핫소스는 왜 나오는지 알 수 없었고, 한번은 꽤 많은 양의 피가 묻은 시트를 보고 놀라서 얼어 있는데, 같이 일하는 분(필리핀에서 온 아주머니였는데)이 아무렇지 않게 시트를 걷어내면서 이렇게 말했다더군요. Let it go. 지헌이 얼굴이 빨개져 외쳤습니다. "아니, 엘사도 아니고 그게 뭐냐고요."

지헌은 잔뜩 흥분해 얼굴을 모르는 고객들 욕을 했습니다. 고개를 주억대며 들어줬지만, 정말이지 별달리 할말이 없었습니다. 원래 인간이 그렇게 생겨먹은 걸 내가 어떡할 순 없잖아요. 대신 케이크 위에 하나밖에 없는 딸기를 주고, 돌아가는 길엔 아이스크림도 사주며 지헌을 달랬습니다.

하지만 그 뒤로도 지헌은 퇴근 후 곧장 내 방으로 들

어와 욕을 한 바가지 퍼붓다 돌아가곤 했습니다. 가끔은 분에 못 이겨 씨발! 하고 외치며 발을 쾅쾅 구르기도 했고요. 쟤 저러다 무슨 사고 치는 거 아니야, 걱정했는데 월급날이 되자 지헌은 순한 양이 되었습니다. 정말 깜짝 놀랐습니다. 어느 정도라도 돈을 쥐여주면 사람은 고분고분해지더라구요. 그게 자기의 정당한 노동의 대가라도요. 게다가 지갑에 여유가 생기자 노느라 딴생각할 틈도 별로 없었습니다.

우리는 지극히 이십 대다운 일을 했습니다. 오모테산도에 가서 팬케이크를 먹거나, 지유가오카의 편집숍에서 공짜 향수를 듬뿍 뿌리거나 시부야의 클럽에 갔습니다. 사실 클럽에 간 건 처음이라 좀 겁을 먹었는데, 막상 가보니 외국인을 제외하곤 춤을 추지 않는 분위기라 그냥 멀뚱거리다 나왔습니다. (말하다 보니 우리가 진짜 후진 데를 갔을 수도 있다는 생각이 드네요……)

대신 그다음부터는 지헌이 좀더 좋아졌습니다. 나도 숙맥이지만 걔는 한술 더 뜨더라고요. 지난번 일도 있고, 짚이는 구석이 있어 만나는 사람은 없냐고 물었더니 아니나 다를까 자길 좋아하던 사람은 있었지만(이걸 굉장히 강조했습니다), 딱히 누굴 만나거나 한 적은 없다고 하더군요. 그제야 지헌의 묘하게 아이 같은 구석이 이해 갔습니다. 남들이 볼 땐 나도 똑같을지 모르겠지만요.

호스트한테 명함을 받았던 게 생각나네요. 신주쿠에서였습니다. 정확히는 명함이 아니라 겉면에 가게와 본인 이름이 적힌 휴대용 티슈였는데 안 그래도 필요했는데 잘됐다, 하고 내민 손을 지헌이 탁 쳤습니다. 이게 뭔, 피아노 선생님 같은 짓이냐 싶어 어리둥절해하고 있는데, 지헌이 어차피 아무도 못 알아듣는데 목소리를 낮췄습니다.

"언니, 그러다 큰일나요. 호스트 때문에 자살하는 사람들 있는 거 몰라요?"

그날 우리의 목적지는 유명 소설가가 단골로 다녔다는 재즈 찻집이었습니다. 가파른 계단을 내려가, 허리가 개미처럼 가는 마담에게 맥주를 한 잔씩 주문하고 나서도 나는 영 심란한 마음을 감출 수 없었습니다. 난 싸구려 호스트한테 홀랑 넘어갈 정도로 분별력이 없지 않거든요. 미남을 감별하는 능력은 수준급이라고 자부했고요. 그런데 각다귀 같은 호스트 앞에서 지헌이 치를 떨며 조심하라고 한 이유가 내가 구리기 때문인 것처럼 느껴졌습니다. 이 나이 먹도록 연애 경력도 변변찮은 데다, 옷도 거지같이 입고 다녀서요.

어느새 퇴근시간이 되었는지 찻집 안은 흰 셔츠를 입은 중년 남자들로 가득찼습니다. 대부분 머리통이 벗겨지기 시작한 남자들은 이게 어디 스튜디오에서 녹음을 했느니, 몇 년도 실황이니 하는 곰팡내 나는 소리를 마담에게 떠들어댔습니다. 도대체 뭘까. 나는 역겨움과 존경이 뒤섞인 마음이 되어 남자들을 빤히 보았습니다. 저 다채롭게 못난 늙은 남자들을 지탱해주는 건. 돈일까? 권력일까? 어쨌든 둘 다 내게 없는 것만은 분명했습니다. 나는 맥주를 꿀떡 삼키고 속으로 혼잣말을 했습니다. 지헌씨, 걱정 말아요. 호스트한테 털리고 싶어도 털릴 밑천도 없으니까는……

그렇게 혼자 음울한 상념에 빠져 있는데 지헌이 맥주 거품을 홀짝 빨아들이더니 말했습니다. "아, 맞다. 언니, 그러고 보니까 우리집에 이상한 사람 있는 거 알아요?" 그 말을 듣자 멜랑콜리한 재즈 찻집에 다다미 네 개짜리 〈호박마차〉가 이끌려 왔습니다. 여기까지 와서 그런 소릴 해야겠어? 싶었지만 자학에 빠져 있나 푸념을 듣나 그게 그거라 되물었습니다.

"누구요?"

"이층 사는 사람인데. 아, 이상한 건 아니고, 굳이 따지면 더러운 건데 어떻게 할지 모르겠어요."

요약하자면 이상한 냄새를 풍기는 여자가 있다는 거였습니다. 방을 안 치우는지 문 앞엔 각종 털이 수북하고 가끔은 생리혈인지 뭔지도 바닥에 뚝뚝 떨어져 있다는 겁니다.

"그게 누군데요?"

"몰라요. 아마 204호 아니면, 205호 같은데. 둘이 방문이 붙어 있어가지고…… 언니는 못 느꼈어요?"

"제가 비염이 있어서."

"그게, 음, 설명하기가 어려운데, 무슨 생선 썩는 냄새 같기도 하고, 약간 피비린내 같기도 하고……"

"말해봤어요?"

"아니요. 몇 혼지 확실하게 모르니까. 다짜고짜 뭐라고 할 수도 없고."

때마침 공기를 뚫고 힘찬 트럼펫 소리가 밀려왔습니다. 지헌은 무언가 더 말하려고 하다가 입을 다물고 맥주를 홀짝였습니다. 나는 음악에 귀를 기울이는 척 팔짱을 끼고 몸을 뒤로 젖히며 안도의 한숨을 쉬었습니다. 지헌이 저렇게 난리를 쳐도 막상 이층에 가면 페브리즈 냄새(물론 지헌이 뿌린 거죠)만 날 게 분명했거든요. 깨끗한 게 나쁜 건 아니지만 그래도 지헌은 정도가 지나쳤죠. 그러나 그앤 내가 자기 생각을 하는 걸 아는지 모르는지, 맥주를 홀짝홀짝 마시다가 프레첼을 아작아작 씹어 먹다가 다시 목을 빼고 가게 안을 살폈습니다.

"언니, 근데 우리 몇시쯤 갈 거예요?"

들어온 지 얼마 되지도 않았는데 보니까 잔과 접시가 텅 비어 있었습니다.

"어, 잘 모르겠는데…… 뭐 더 시킬까요?"

"아니, 그냥요."

지헌이 고개를 젓고는 손가락으로 접시에 남은 소금 부스러기를 찍어 먹었습니다. 잠시 뒤 재즈 가수의 영혼을 토해내는 소리를 가르고 그가 큰 소리로 외쳤습니다.

"그런데요, 언니, 여기 담배 냄새 너무 심한 거 같지 않아요?"

그로부터 얼마 지나지 않아서였습니다. 할인 초밥을

사와서 코가 찡하게 와사비를 찍어 먹는데, 밖에서 기묘한 냄새가 났습니다. 말캉한 한치가 점액질의 토막난 살처럼 느껴질 정도로 지독했죠. 한소리해야겠다 싶어 냄새를 따라가니 204호와 205호가 맞닿아 있는 모퉁이가 나왔습니다. 때마침 방에서 페브리즈를 들고 나오는 지헌과 마주쳤습니다. 내가 한 손에 젓가락을 든 채 냄새가 나서요, 라고 어물거리자 지헌이 씩 웃었습니다. "이제 알았어요? 그래도 지나면 좀 익숙해져요."

우리는 조향사처럼 킁킁댔습니다. 오늘은 향수 냄새랑 누린내가 난다고, 지헌은 말했지만 내겐 페브리즈에 얇게 싸인 지린내와 젖은 빨래 냄새가 났습니다. 그러나 그 모든 냄새를 압도적으로 누르고 우리의 코를 찌른 건 짐승의 것이라고 해도 좋을 강렬한 체취였습니다. 솔직히 말하면 한시라도 빨리 여성의학 전문의의 도움이 필요한 듯했죠.

"누군지 모르니까 뭐라고 할 수도 없고." 지헌이 부엌 창을 열어 환기를 시켰습니다. 그걸 보고 있는데 문득 좋은 생각이 났습니다.

"그러면 쪽지를 남겨보는 건 어때요?"

"쪽지요?"

"누군지 쓰지 말고. 그냥 냄새나니까 깨끗이 치우라고만 써봐요."

그날 저녁, 게시판에는 한 장의 경고문이 붙었습니다. 히라가나로만 쓰인 짧은 글은 "당신은 더럽습니다. 냄새납니다. 청소해라"라는 내용(이게 전문입니다)으로 꾸미는 말이 없어 강하게 느껴졌습니다. 단지 일본어가 서툴 뿐이었는데, 그 탓에 여차하면 싸우겠다는 의지도 감돌았지요.

"이제 됐겠죠?"

지헌은 그것만으로 문제가 해결된 듯 뿌듯해하며 방으로 돌아갔습니다. 그러나 난 이상하게 불안해서 자기 전까지 이름 모를 인물과 싸우는 상상을 했습니다. 캡틴 머리칼을 잡아요! 아니요, 뺨부터 쳐요! 선원들의 열렬한 응원으로 시작된 경기는 내가 그레코로만 레슬링의 5점짜리 던지기 기술로, 시공 삼십 년이 넘은 목조건물인 주제에 방 한 칸에 월세를 6만 엔이나 받는 이 집의 마룻바닥을 부수며 입주민의 갈채를 받는 것으로 끝이 났습니다. 공공질서의 수호자인 지헌과 나를 사람들이 헹가래 쳤습니다. 우리는 위로, 위로 올라갔습니다. 사람들이 개미처럼 까마득하게 작아졌습니다. 갑자기

등골에 오싹 소름이 돋아 돌아보니 지헌은 사라지고 없었습니다. 나는 배에 힘을 주고 소리를 질렀습니다. 저기요, 누구 안 계세요? 그러자 멀리서 공이 날아왔습니다. 반사적으로 잡고 보니 그건 지윤의 머리였습니다.

나는 비명을 지르며 깼습니다. 무서운 것보다, 오랜만의 꿈이 뭐 이따위냐 싶어 기분이 더러웠습니다. 한동안 심장이 떨려 뒤척이다가 간신히 바로 누웠습니다. 다시 졸음이 밀려오고 파도가 치고 바다 안쪽으로 깊이, 깊이 가라앉는데 멀리 올려다보이는 수면 너머로 희미한 빛이 보였습니다.

문득 둘 중 하나가 지윤의 방이라는 생각이 들더군요.

*

날이 가자 일이 손에 익었습니다. 묻는 일도 적어지고, 단골손님과는 인사도 트게 되었지요. 그러나 가끔 미끄러지듯 내가 한국인이고, 여자라는 걸 깨달을 때가 있었습니다. 주문한 명찰이 나와 가슴에 달았더니 그런가, 하고 무언가를 깨달은 것처럼 중얼거리는 손님도 있었습니다. 그런가는 무슨 얼어 죽을 그런가야. 속으론 욕을 했지만, 지나치게 친절하거나, 말도 안 되게 무례한 사람들과 계속 만나고 있자니 어느 부분이 깎여나가고 있었나봅니다. 나눠 담을까요? 젓가락 드릴까요? 그런 말을 했을 뿐인데 눈물이 죽 나오거나, 손가락 하나 까딱할 수 없어 굶는 날이 반복되었습니다. 쉬는 날 불도 안 켜고 종일 어두컴컴한 방에 누워 있을 때면 작은 선원들이 눈치를 보며 물었습니다. 캡틴, 돌아갈까요? 그러나 거기 대꾸할 힘도 없었습니다. 내가 할 수 있는 거라곤 그냥 눈을 꼭 감은 채 내일이 없으면 좋을 텐데, 하고 생각하는 것이 전부였습니다.

거기서 헤어 나온 데는 지헌의 도움이 컸습니다. 그는 내가 일만 해서 그렇다며 회식할 때 같이 가자고 나를 꼬셨습니다. 내가 거길 가서 뭘 하냐고 하자 언니들이 궁금해한다고, 그냥 와서 밥이나 먹고 가라더군요. 그렇게까지 말하는데 거절할 순 없었습니다. 얼굴도 모르는 날 신경써준 언니들도 고맙고, 친구도 사귈 겸 겸사겸사 갔지요.

모임 장소는 I역 근처 중국식당이었습니다. 한낮에도 어두컴컴한 골목길 안쪽으로 들어가자, 낮 장사를 하지 않는 술집 틈에서 유리문을 밖으로 열어둔 식당이 보였습니다. 발을 헤치고 들어가자 누군가 유 짱! 하고 외쳤습니다. 어두운 실내에 여자들이 테이블을 붙여 앉아 있었는데 몇몇은 벌써 얼굴이 빨갰습니다.

언니들이 부산스레 일어나 선풍기 옆자리를 비워주었습니다. 누군가 냉장고에서 맥주와 컵을 가져왔지요. 낮부터 마실 생각은 없었는데, 목이 너무 말라 한 잔을 바로 비우자 골이 띵 울리고 뻣뻣하게 굳었던 혓바닥이 풀리면서 크, 소리가 나왔습니다. 다들 그걸 보고 어찌나 좋아하던지. 이왕 재롱 피우는 거, 한술 더 뜨자 싶어 빈 잔을 머리 위에 대고 털었더니 모두 완전히 자지러지더군요.

요리가 나왔지만 이야기는 끊기지 않았습니다. 다들 일본어는 형편없어도 막히면 다른 사람이 도와주고, 안 되면 휴대폰 통역 앱을 쓰고 하니까 웬만한 건 통했습니다. 보아하니 이런 식의 외국인 모임이 생긴 것도 꽤 오래된 일인 것 같았습니다. 일본인 직원들과 사이가 나쁜 건 아닌데, 어쩌다 보니 같이 어울리지 않는다고 했습니다. 휴게실도 있지만, 청소 도구함에 의자를 가져다 두고 쉴 때가 더 많대요.

"별 뜻 없어. 어쩌다 보니 그런 거지." 친 상이 가볍게 말하자 다들 고개를 끄덕였습니다. 그러자 내겐 어두컴컴한 중국식당이 비밀 조직의 아지트처럼 느껴졌습니다.

그날 내 옆에 앉은 사람은 에이샤였습니다. 에이샤는 모임에서 지헌과 함께 유일한 이십 대이자 미혼이었습니다. 첨엔 유학생인가 했는데, 집안 식구들이 전부 이주했다고 했습니다. 개중 큰아버지는 모텔이랑 붙어 있는 할랄 마트에서 일하셨고요. 내가 커리를 좋아한다고, 한국에서도 자주 먹었다고 하자 에이샤가 괜찮은 레토르트 브랜드가 있다며 나중에 같이 사러 가자고 했습니다. 그 자리에서 번호도 주고받고, 나름대로 친구가 되었지요.

모임은 해가 질 무렵 끝났습니다. 걸어가는 동안 하나둘씩 조명이 켜졌습니다. 라멘집의 열린 창으로 뜨거운 김이 올라왔고, 술집 마사지바 편의점 초밥집 중화요리점의 간판 위로 낮달의 모서리가 짙어졌습니다. 식당에서 나온 이후 지헌은 말없이 걷기만 했습니다. 붉은 얼굴이 술에 취했다기보단 이상하게 부끄러워하는 것처럼 보였습니다. 말을 걸까 하다 딱히 할말도 없어서 눈에 보이는 간판을 읽었습니다. 처음엔 더듬더듬

읽게 되던 게 이젠 익숙했습니다. 신인 대거 고용! 올해 3월 고교 졸업! 이자카야 주류 무제한 3980엔…… 높은 구두를 신은 여자가 장대에 올라선 것처럼 휘청이며 지나갔습니다. 문득 지현이 고개를 번쩍 들고 물었습니다.

"언니, 우리집 사는 일본인들이요. 왜 사는 걸까요?"

무슨 말인지 이해가 안 가서 되물었습니다.

"왜라뇨?"

"아니, 그렇잖아요. 우리야 외국인이라 그렇지만 좀 나쁜 집이잖아요. 시설도 그렇고, 사고 보험도 없고."

듣고 보니 좀 희한하더라구요. 비자 문제에, 보증인 없는 우리야 그렇다고 쳐도 일본인이 굳이 불편함을 감수하며 셰어 하우스에 살 필요는 없었거든요. 어디서 본 게 생각나서 말했어요. 보험이 안 되는 회사에 다니는 사람은 집을 구하기 어려운 것 같다구요. 지현이 고개를 끄덕이다가 갑자기 내 말을 툭 잘랐습니다.

"근데요 언니, 실은 이런 얘기를 들은 적이 있어요. 이메쿠라イメクラ 같은 데 다니는 사람들이 셰어에 많이 산다고요."

"이메쿠라요?"

"이미지 클럽이요. 왼쪽, 왼쪽."

지헌이 앞을 보며 말했습니다. 등을 긁는 척 슬쩍 돌아보니 웬 가게 앞에 교복 입은 애들이 몰려 있었습니다. 드문 풍경은 아니었죠. 다른 점이 있다면 그중 하나가 시간당 얼마라고 적힌 패널을 들고 있었다는 정도일까요. 일 초 정도, 그 사람과 눈이 마주쳤습니다. 부끄럽다고 할지, 순간 당황스러워서 나도 모르게 고개를 홱 돌렸습니다. 지헌이 태연한 척 앞만 보고 걸으며 중얼거렸습니다. "멀쩡하게 생겨서. 왜 저러는 건지 모르겠어요."

그럼 어떻게 생겨야 저런 일을 하는 건지…… 알 수 없다고 하면 거짓말이고 지헌의 말을 이해했습니다. 왜냐면 잠깐 눈이 마주친 그 사람 역시 멀쩡하다는 표현이 제일 잘 어울렸으니까요. 또 괜히 나서서 남 걱정하는 성격이 발동하더군요. 일본어에 조금만 자신이 있었어도 가서 말을 걸었을지 모릅니다. 이 더위에 나와 있는 걸 보면 지명도가 높은 건 아닌 듯한데…… 같은 개고생이라면 편의점은 어떤지…… 아니면 카페나 마트는 어떤지…… 널린 게 일자리인데……

다음날은 오후 근무라 늦잠을 자고 일어났습니다. 열한시쯤 어슬렁대며 씻으러 나섰더니 샤워실 문을 열고 지헌이 나왔습니다. 붐빌 시간도 아닌데, 이층 샤워실은 어쩌고 여기 있냐고 물으니 지헌이 어색한 미소를 지었습니다. 그 사람이랑 같은 샤워실을 쓰는 게 찝찝해서 왔다고요. 그 정도면 결벽증이다, 싶었지만 이해가 안 가는 건 아니었습니다. 왜 그런 거 있잖아요. 뭔가 무섭게 꺼림칙하다 싶은 거. 그날 일하는 내내 나는 어린 시절 또래들 사이에서 인기 있던 괴담 모음집을 떠올렸습니다. 친구네 집에 딱 한 권 있는 걸, 놀이를 하다 좀 심심해질라치면 서로 머리를 맞대고 탐욕스럽게 읽다가도 어느 순간 도망치듯 집으로 돌아와 비누로 박박 손을 문질러 닦던 기억이 납니다. 내용이 좀, 애들이 보기엔 그랬거든요.

예컨대 이런 이야기가 있었습니다. 세상에서 가장 어린 나이에 임신한 쌍둥이의 이야기. 나이가 다섯 살인가, 일곱 살인가 그랬는데 똑 자른 단발머리에 똑같은 하늘색 원피스를 입은 여자애 둘이 아기를 안고 있는 사진이 실려 있던 게 생각납니다. 이웃집 소년이랑 소꿉놀이를 하는데 그애가 진짜처럼 하자고 그랬대요. 그

밖에 머리카락이 자라는 인형이나, 잘린 머리를 모셔둔 신사가 있다는 내용도 기억납니다. 모두 일본을 배경으로 한 이야기였죠.

지금 생각하면 일본에서 온 번역서라 그랬던 것 같은데, 그땐 그것도 모르고 일본을 무척 무섭고 기이한 나라라고만 생각했습니다. 그 탓에 꽤 자랄 때까지 일본을 생각하면 오래된 책 냄새라고만은 할 수 없는, 먼지 냄새 같기도, 땀냄새 같기도, 젖은 시멘트 냄새나 지하방의 곰팡이 냄새 같기도 한 찝찝한 뭔가가 떠올랐습니다.

퇴근 직전 들어온 손님이 성인잡지 네 권을 건네기에, 반투명 봉투를 두 장 겹쳐 담아주고 나니 일이 끝났습니다.

묘하게 지쳐 옷을 갈아입으러 백룸으로 들어가려는데 자동문이 열렸습니다. 반사적으로 어서 오세요, 외치며 돌아보니 에이샤가 있었습니다. 놀라고 반가워 어쩐 일이에요? 물으니 에이샤는 오늘 잊었어? 라며 두 눈을 깜빡였습니다. 그제야 할랄 마트에 가기로 약속했던 것이 떠올랐습니다. 나는 금방 오겠다며 백룸으로 들어갔습니다.

우리 둘은 한정으로 나온 레몬 파운드케이크를 반씩 쪼개 먹으며 거리로 나갔습니다. 한참 무어라 떠들던 에이샤는, 내가 말이 없는 게 이상했던지 일이 많이 힘드냐고 물었습니다.

"그렇기도 한데요……"

나는 망설이다 같은 외국인이니 괜찮겠지 싶어 두서없이 이야기를 늘어놓았습니다. 별생각 없이 살다가도 이따금 불안하다고. 그런데 이게 내가 외국인이어선지, 아니면 후드를 뒤집어쓴 채 계속 혼잣말하는 단골을 마주치거나 보란듯 유부녀 특집 성인잡지가 널려 있는 분위기 탓인지 모르겠다고. 게다가 괜히 지헌이 오버하는 바람에 옛날에 본 책 내용까지 떠올라 더 찝찝하다는 얘기까지.

내가 그렇게 말하자 에이샤가 맞장구쳤습니다.

"이 동네는 특히 그래. 무슨 일이 일어날 것 같단 말이지."

나는 역 앞의 패널을 든 여자들을 떠올리며 고개를 주억거렸습니다.

그날 우리의 목적지인 할랄 마트는 모텔과 딱 붙은 건물에 위치해 있었죠. 외벽에 때가 잔뜩 낀 칠층 건물의 사층에 있었는데, 위아래 층이 전부 여자가 나오는 가게였고요. 때마침 엘리베이터 문이 열리고 한 여자가 음울한 하늘 아래로 또각또각 걸어 나왔습니다. 우리는 어색한 공기 속에서 기를 쓰며 할 수 있는 한 큰 소리로 커리 이야기를 떠들었습니다. 보는 사람도, 찔리는 것도 없었는데 그랬습니다.

마트 안엔 세 사람이 있었습니다. 하나는 노인으로 창 옆에 둔 의자에 앉아 밖을 보고 있었고, 다른 하나는 가벼운 셔츠 차림의 남자로 카운터에 서서 통화를 하고 있었습니다. 다른 남자는 냉동고 안에 언 고기를 채우고 있었고요.

"사장이 있어." 에이샤가 내 귀에 작게 속삭였습니다. 그러곤 통화중인 남자에게 인사를 하고 눈치를 살피더니 냉동고 안으로 반쯤 몸을 집어넣은 남자의 어깨에 조심스레 손을 올렸습니다. 그가 에이샤의 큰아버지였습니다. 에이샤는 큰아버지에게 살짝 눈짓을 하곤 나를 노인 곁으로 데려갔습니다. 기척을 내자 멍하니 앉아 있던 노인이 에이샤와 나를 번갈아 보며 무어라 말했습니다. 에이샤가 고개를 끄덕이고 길게 대꾸했습니다. 그러자 노인이 한 손으로 내 손을 턱 잡고는 다른 손으론 내 어깨를 두어 번 도닥이다 주머니에서 뭔가를 꺼냈습니다. 갈색의 말린 열매였습니다. 에이샤가 열매에 붙어 있던 푸른 실오라기를 떼어주었습니다.

"맛있어. 먹어봐."

노인에게 손을 잡힌 채 어깨를 잔뜩 구부리고 열매를 입에 넣자 어금니 옆에서 신침이 핑 돌았습니다. 씩 웃으며 고개를 끄덕이자 푸른 안개가 낀 노인의 눈에 다정함이 감돌았습니다. 에이샤가 그러더군요. 몸은 괜찮은데 가끔 오락가락한다고요. 그 탓에 집에 둘 수도 없어, 사장의 허락을 받아 큰아버지와 함께 마트에 나온다고 했습니다.

"그래도 여기가 나아. 집에만 있는 건 고통이야."

"산책이라도 하면 좋을 텐데요."

"길이 어려워서…… 한번은 잃어버린 적도 있어. 이틀 뒤에 라멘집에 줄 서 있는 걸 찾았지."

"놀랐겠어요. 경찰에 신고는 했고요?"

"음, 뭐……"

에이샤가 말끝을 얼버무리더니 뜬금없이 창밖을 가리켰습니다.

"보여? 저게 우리 할아버지 기쁨이야."

갑자기 무슨 소리람 싶었지만 에이샤를 따라 창밖을 내다보았습니다. 그러자 시야에 열린 창이 걸렸습니다. 흰 타일과 청록색 문, 대걸레가 보이는 걸로 보아 청소 도구함인 것 같았습니다. 저게 무슨 기쁨이라는 건지 의아해하는데 에이샤가 말했습니다.

"저기가 내가 쉬는 휴게실이야. 가끔 저기 서서 안녕, 하고 인사해."

그러자 모든 게 이해되었습니다. 노인이 종일 창가에 있는 건 광합성이 필요하기 때문이었습니다. 이따금 손을 내밀어 인사를 하는 모텔의 청소부 손녀가 그의 햇살이었구요.

옛날 생각이 나더군요. 어릴 때 우리집은 언덕 위에 있었습니다. 내리막길 끝엔 내가 다니던 초등학교가 있어서, 운이 좋은 날엔 일하러 언덕길을 걸어 내려가는 엄마가 보였지요. 내가 부러 미적대며 교실 창가에 서 있으면 어떻게 알았는지 엄마는 부르지 않았는데도 내게 손을 흔들어주었습니다. 그럼 왜 그리 가슴이 터질 것 같았는지. 그게 아마 엄마가 칼국숫집에서 일하던 때였을 거예요. 엄마를 뺀 나머지가 전부 중국에서 온 여자들이라고 했는데 엄마는 그게 무섭다고 했습니다.

쉬는 시간에 자기들끼리 중국말로 떠드는데, 내 욕을 하는지 뭔지 알 수가 없다…… 그러면서요.

건너편의 열린 창 안으로 사람이 들어오는 게 보였습니다. 낯익은 모습에 벌어진 내 입에서 "어라?" 하는 말이 나온 순간, 에이샤가 일어나 불투명한 유리창을 반쯤 밀어 닫았습니다.

"누가 왔다."

그러자 실내가 살짝 어두워졌습니다. 에이샤가 노인의 손을 살짝 쥐었다가 자리에서 일어났습니다.

우리는 간단하게 마트 구경을 하고 헤어졌습니다. "저녁 같이 먹지." 에이샤가 서운한 듯 말했지만 난 고개를 저었습니다.

"좀 피곤해서요."

"그래. 얼굴색이 너무 안 좋다."

에이샤는 나를 더 붙잡지 않고 놓아주었습니다. 나는 멀어지는 그에게 천천히 손을 흔들어준 뒤 재빨리 집으로 돌아와 방문을 열고 앉았습니다. 서두른 덕에 하우스의 사람들이 퇴근하기 전에 집에 도착할 수 있었습니다. 피곤한 얼굴로 문을 밀고 들어오던 사람들이 모두 신발장 거울에 비친 나를 보고 흠칫 놀랐습니다. 그때마다 태연한 척 인사를 하며 사람들을 살폈습니다. 어쨌든 같이 살고 있으니 대충은 안다고 생각했는데 의외로 낯설었습니다. 저 사람이 저렇게 머리가 길었나, 키가 컸나, 점이 많았나 싶었지요. 아예 처음 보는 사람도 있었고요. 이렇게 가까이 살아도 정말 문 하나 닫으면 모르는구나 싶었습니다.

그렇게 몇 명이 지나간 뒤에 손에 비닐봉지를 든 지헌이 들어왔습니다. 사람들은 놀랄 때 진짜 엄마야, 라는 소리를 내더라구요. 지헌이 가슴을 쓸어내리며 물었습니다.

"언니, 왜 그러고 있어요?"

"그냥요. 더워서. 저녁 먹었어요?"

"더우면 창문을 열지…… 아니요. 이제 먹으려구요. 언니는요?"

"전 먹었어요."

"아, 그렇구나…… 전 아직이라서."

"……"

"그럼 먼저 올라가서 쉴게요."

돌아서는 지헌에게 불쑥 물었습니다.

"지헌씨. 204호나 205호 본 적 없다고 했죠?"

그랬더니 지헌이 별 희한한 일이 있네, 싶은 표정으로 어떻게 알았냐고 되물었습니다. 안 그래도 어제 204호를 봤다는 거예요. 새벽에 화장실 가려고 일어났는데 누가 204호 앞에 있길래 어깨를 딱 잡고 그랬답니다. 니가 자꾸 더럽히고 안 치우는 거냐고.

"그랬더니 뭐래요?"

"노, 그러던데요."

"노요?"

지헌이 약간 수줍은 얼굴로 말했습니다.

"영어로 물어봤거든요. 어차피 일본어 못하니까 기라도 죽일까 싶어서."

"아."

"근데 노라고 하긴 했어도 확신할 순 없죠. 어떻게 거기서 지가 했다고 하겠어요."

"생긴 건요? 생긴 건 어땠어요?"

"어, 그냥 평범했는데……"

"일본인 같았어요?"

"그런 것 같기도 하고. 아닌 것 같기도 하고."

"키는요?"

"글쎄요. 작지는 않았는데."

"……"

"왜요? 누구 짐작 가는 사람이 있어요?"

"아무것도 아니에요."

지헌이 찜찜한 표정으로 돌아섰습니다. 별말 없었지만 분명 이상하다고 생각했을 거예요. 그러나 어쩔 수 없었어요. 마트에서 에이샤가 창문을 밀어 닫기 전, 건너편에서 얼핏 보인 얼굴이 머릿속을 떠나지 않았거든요.

내 눈이 맞는다면 분명 그건 지윤이었습니다.

*

8월이 되자 지금까지는 장난이었다는 듯 날씨가 본격적으로 변덕을 부리기 시작했습니다. 하루는 살이 지글지글 익을 정도로 뜨겁다가, 다음날은 비가 퍼붓듯이 쏟아지는 날이 반복되었습니다. 편의점은 그런 것과 상관없이 늘 청결했지만요. 먹음직한 빵과 치킨 도시락, 딸기 생크림케이크, 푸딩, 슈크림 따위가 나란히 줄서 있는 모습은 정말 아름다웠습니다. 그 멀쩡한 걸 유통기한이 지났다고 오물처럼 버릴 땐 가슴이 찢어질 것 같았습니다. 오물은…… 애플파이의 열을 흩뜨리거나 유리문에 지문을 남기는 인간이 오물이었는데요.

그중에서도 최고는 니카이도였습니다. 그애가 올 때면 〈센과 치히로의 행방불명〉의 오물신이 등장하는 것처럼 먼 곳에서부터 짙은 안개가 밀려왔습니다. 공기가 몇 그램은 더 무거워졌고요. 하여간 그애는 아무것도 안 해도 분위기를 죽이는 데 놀라운 재능이 있었습니다. 그게 표정 때문이라고 판단한 점장이 서비스직에겐 웃는 얼굴이 중요하다며 경고를 줬지만, 막상 억지로 입꼬리를 올리자 고무 마스크를 뒤집어쓴 것처럼 이상해지는 바람에 외려 무섭기만 했습니다. 점심 러시 때에도 니카이도의 담당 카운터에만 은근히 줄이 짧다는 걸 알아챈 매니저가 한숨을 쉬었습니다. 잴 자를 수도 없고, 일손도 달리고. 우리 가게 얼굴도 빠졌는데……

지윤의 얘기였습니다. 어떤 단골은 그 키 큰 여자애는 어디 갔냐고 물어 그만두었다고 하니 발길을 끊기도 했습니다. 시간이 꽤 지났는데도 우리는 이상하게 그애에게 사로잡혀 있었습니다. 나도 예외는 아니었고요.

내가 살던 I역 서쪽 출구 쪽이 슬럼 같다는 얘길했나요? 구질구질하게 하고 다녀서 몰랐는데, 내가 슬리퍼를 끌고 군고구마를 사오던 사거리가 온갖 성매매업계의 캐스팅 장소였습니다. 지헌이 일하던 모텔촌은 여행자가 피해야 할 숙소 제1순위였구요. 어쩐지 근처에 가면 낮부터 늙은 남자와 젊은 여자 조합이 많이 보이긴 했습니다. 그게 효도 관광이라고 생각할 정도로 순진하진 않았지만 어쨌든 놀랍긴 했지요.

그날은 저녁을 일찍 먹은 탓에 약간 출출해져 굴다리를 지나 동쪽 출구에 있는 편의점으로 갔습니다. 조금 멀긴 했지만 여름에도 호빵을 파는 건 거기뿐이라 달리 선택의 여지가 없었거든요. 피자호빵은 먹는 속도가 생명이라, 나는 문을 나오면서부터 호빵을 입에 물었습니다. 땀을 뻘뻘 흘리며 가까운 벽에 기대 늘어나는 치즈를 음미하고 있는데 불쑥 눈앞으로 지윤이 지나갔습니다. 아니, 지윤이 아니었죠. 가슴이 없었거든요. 그렇지만 지윤과 무시무시할 정도로 닮은 남자였습니다. 성이 다른 도플갱어라도 만나면 죽을까, 하는 생각이 들 정도로요.

낮 기온이 삼십칠 도까지 올라갈 정도로 더운 날이었습니다. 밤이라고 해도 열기가 식지 않아 습한 공기가 뜨거웠는데도, 그는 위아래를 온통 검은색으로 빼입고 있었습니다. 머리는 또 얼마나 가관인지. 물들인 갈색 머리를 난초처럼 세운 게 한마디로 그린 듯한 호스트였습니다. 그 곁에는 덥지도 않은지 여자 하나가 넋을 놓고 그의 팔에 매달려 있었습니다.

신호등에 빨간불이 들어왔습니다. 횡단보도 앞에 멈춰 선 그들 위로 빨간 조명이 쏟아졌습니다. 사람들이 하나둘 몰려들자 인파 속으로 난초 같은 머리가 사라졌다, 나타났다를 반복했습니다. 그걸 보고 있자니 갑자기 초조한 기분이 들었습니다. 신호가 노란색으로, 연달아 초록색으로 바뀌자 사람들이 움직이기 시작했습니다. 그와 함께 나도 남은 호빵을 입에 쑤셔넣고 발걸음을 뗐습니다. 나답지 않은 짓을 한 거죠. 그들을 따라간 거예요.

메트로폴리스라는 말에 걸맞은 풍경이 내 앞에 펼쳐졌습니다. 여러 종류의 외국어, 가두연설과 옥외광고의 소음, 군가와 케이팝이 뒤섞여 암호처럼 들리는 거리에서 두 사람은 네온사인을 따라 색을 바꿔 입으며 한 쌍의 담수어처럼 인파 사이를 유영했습니다. 나는 조용히 둘의 뒤를 밟았습니다. 매대의 전자기기를 만지작거리거나 스파 브랜드의 옷을 걸쳐 입어보며 별다른 목적지 없이 역 주변을 빙글빙글 돌던 그들은 한동안 버스킹을 구경하다가 가수가 고환이 잡힌 염소 같은 소리를 내며 노래를 마치자 박수를 치고 자리에서 일어났습니다. 그런 다음 굴다리를 통과해 서구로 간 뒤, 중심구를 벗어나 골목으로 빠졌습니다. 예상하셨겠지만, 거긴 모텔촌이 있는 골목이었죠.

그제야 깨어난 이성이 나를 말렸습니다. 오늘의 모험은 슬리퍼 차림으로 온 도시를 헤매고 다닌 걸로 족하다고요. 나는 집으로 돌아가기로 했습니다. 그러나 가는 길이 같았던 탓에 본의 아니게 자꾸 둘의 뒤를 쫓는 모양이 되었습니다. 물론 앞지를 수도 있었겠지만, 슬리퍼의 밑창이 너무 얇아 속도를 낼 수가 없었습니다. 하는 수 없이 나는 계속 그들과 일정한 간격을 두고 걸었습니다. 이제 와 둘을 방해할 마음은 없었으므로, 발소리는 죽이고 최대한 조용히 걸었습니다.

얼마 후 두 사람은 불쑥 건물 안으로 들어갔습니다. 아주 우연찮게도 그곳은 할랄 마트의 바로 옆 모텔이었습니다. 조금 망설이다 이 정도는 할 수 있지 싶어 할랄 마트에 가보기로 했습니다. 그 사람을 지윤이라고 확신한 건 아닙니다. 하지만 계속 이렇게 찜찜한 기분으로 있을 바엔 제대로 확인하는 게 나을 거 같았습니다.

부러 큰 소리로 인사를 하며 들어갔지만 에이샤의 큰아버지는 안 계셨습니다. 대신 사장이 전화 통화를 하고 있었습니다. 표정을 보니 그는 내가 누군지 모르는 것 같았습니다. 그냥 좀 기운찬 손님인 줄 알았는지 송화기를 막고 곰방와, 하며 인사를 받아주더군요.

나는 찾는 물건이 있는 척 창가로 갔습니다. 그날도 할아버지는 정물처럼 앉아 계셨습니다. 창은 열려 있었지만 모텔과 바투 붙은 탓에 여름밤의 후텁지근한 바람도, 약한 불이 난 듯 일렁이는 가로등 불빛도 미약하게 들어올 뿐이었습니다. 어둠 속에서 할아버지는 깎다 만 조각상처럼 눈을 감고 있었습니다. 그 옆에 쭈그려앉아 목을 뺐습니다. 불이 켜진 청소 도구함이 보이고, 누군가 안쪽으로 들어온 듯 그림자가 드리웠는데, 바로 그 순간 창문이 닫혔습니다. 깜짝 놀라 돌아보니 할아버지가 나를 보고 계셨습니다. 부드러운 눈이 순간 푸른빛을 내며 번뜩 빛났습니다.

"왜요?"

나도 모르게 한국어로 물었습니다.

"왜요? 할아버지?"

할아버지가 눈을 감고 고개를 저었습니다. 무슨 뜻인지 단번에 알았지만 애써 모른 척했습니다.

"할아버지, 죄송해요. 못 알아듣겠어요. 할아버지, 보게 해주세요."

그러나 할아버지는 내 손을 가만히 잡았다가 놓았을 뿐, 말이 없었습니다. 그때 누군가 등뒤에서 말을 걸었습니다.

"무슨 일 있으십니까?"

어느새 통화를 마친 사장이 와 있었습니다. 억양이 좀 독특했지만 완벽한 접대용 일본어였습니다. 나는 벌떡 일어났습니다. 무슨 말을 해야 할 것 같았는데, 마땅한 핑곗거리가 떠오르지 않았습니다. 그래서 그냥 되는대로 지껄였습니다.

"안녕하세요. 에이샤 상의 친구인데, 에이샤 상 있나요?"

"에이샤?"

남자가 고개를 갸우뚱하더니 잠시 뒤 알겠다는 표정을 지었습니다.

"아, 에이샤."

그러곤 나를 위아래로 훑었습니다.

"여긴 없는데."

때마침 뒤쪽 문을 열고 큰아버지가 나오셨습니다. 나를 알아보셨는지 미소를 띠다가, 우리 셋이 어정쩡한 삼각형을 그리고 있는 걸 보곤 어리둥절한 표정을 지으셨습니다. 나는 태연한 척 고개를 숙였습니다.

"안녕하세요. 에이샤를 만나러 왔어요."

다른 건 몰라도 에이샤라는 말은 알아들었는지 큰아버지가 노, 라고 반복하며 양손을 저으셨습니다. 그걸 보니 얼굴이 뜨겁게 달아올랐습니다. 그제야 에이샤 얘기를 해서 무슨 일이 생기는 건 아닌지 걱정이 되어, 주머니를 탈탈 털어 마음에도 없던 양고기를 샀습니다. 사장이 계산을 마치곤 깍듯이 고개를 숙였습니다.

"감사합니다. 또 오세요."

얼른 꺼지라는 소리였죠. 떠밀리듯 나가 엘리베이터를 기다리는데, 빈 상자를 정리하던 큰아버지가 은근히 내 쪽으로 오더니 속삭였습니다.

"아 유 오케이?"

아 정말. 그 집 사람들은 눈이 커서 마음도 넘치는지. 애달파 보일 정도로 걱정이 뒤섞인 갈색 눈을 보니 뭐라 할 수 없는 기분이 되더군요. 나는 간신히 입을 열고 뱉었습니다.

"아임 파인 땡큐, 앤 유?"

그다음 사흘은 쉬는 날이었고, 나흘째에 출근하자마자 스케줄표를 살폈습니다. 니카이도가 혹시 뭔가 알고 있지 않을까 싶어서요. 그런데 아예 달력에서 그애의 이름이 지워져 있었습니다. 알고 보니 그새 일을 그만두었다고 하더군요. 그 성격에 일 구하기도 힘들 텐데. 누군가 중얼거렸지만 그건 내 알 바가 아니었고, 이젠 어디서 지윤을 찾나 울컥 짜증이 치밀었습니다. 하필 필요할 때 없다니…… 그러곤 곧장 그런 생각을 한 자신에게 놀랐습니다. 어머. 나 왜 이렇게 지윤한테 집착하는 거야? 난 레즈비언도 뭣도 아닌데. 학생 때도 누구랑 짝지어서 다닌 적이 없고, 지린내 나는 남자애들의 망상처럼 가슴을 만지고 킬킬대다가 헐떡이는 일도 없었거든요. 가끔 엉덩이를 치긴 했지만 말 궁둥이 치듯 친 거지, 그런 축축한 느낌은 아니었는데……

거기까지 생각이 미치자 머릿속에 어떤 추측이 스쳐 갔습니다. 지윤이 일을 그만둔 건 니카이도를 피하기 위해서가 아닐까? 여자로 있으면 니카이도에게 구애

받을 테니 남자인 척을 한 건 아닐까?

그러자 모든 게 이해되었습니다. 송별회 날만 해도 그랬습니다. 아무도 데려다달라고 한 적 없는데 그애가 우릴 쫓아왔죠. 만약 무슨 일이 벌어졌다고 해도 우리가 그애를 지켜줬어야 했을 거예요. 키는 우리 반토막만하면서 주제도 모르고. 지윤이 계속 싫다고, 싫다고 눈치를 줘도 달라붙다니…… 얼마나 징그러워요?

그 뒤로 나는 곧잘 이층에 올라갔습니다. 일층 부엌은 좁고 냄새가 잘 안 빠졌거든요. 또 이층 창에서 내려다보이는 풍경도 좋았고, 나도 입주민인데 못 갈 데 간 것도 아니잖아요. 나는 채소를 볶다가, 부글부글 끓는 물을 들여다보며 달걀이 익기를 기다리다가 이따금 망상에 빠졌습니다. 저 닫힌 문 중 한쪽에서 지윤이 나오면, 그가 놀라기 전에 침착하게 입을 여는 거예요. 지윤 씨. 저 다 알아요. 일 그만둔 것도, 한국에 간 척한 것도 다 니카이도 때문이죠? 이해해요. 걔, 되게 끈질기더라구요……

며칠 뒤 하우스에서 메일이 왔습니다. 누군가 타인의 방에 침입했으니 문단속을 철저히 하고, 될 수 있으면 자기 층만 사용하라는 얘기였습니다. 누군가 나를 오해

한 게 아닌가 싶어 혼자 당황하고 있는데 다음날 또다른 메일이 왔습니다. 놀랍게도 절도 사건이 일어났으니 주의하라는 내용이었지요. 하우스엔 일주일에 한 번 청소 도우미 분이 오셨는데, 누군가 그분의 지갑을 슬쩍했다는 거예요.

한동안은 분위기가 뒤숭숭했습니다. 다들 불안해하는 것도 있었지만, 그보다 내가 느낀 건 겁먹은 표정 뒤에서 들끓는 기이한 흥분이었습니다. 며칠 전만 해도 고개를 처박고 다니던 사람들이 서로의 뒷모습을 샅샅이 훑고 결정적 단서를 찾기 위해 코를 벌름거리는 모습을 보는 건 기가 막힌 일이었습니다. 다들 미스터리극의 등장인물이라도 된 듯 들뜬 게 느껴졌습니다. 솔직한 심정으론 나 역시 그랬습니다. 단지 잠만 자게 지어진 이 토끼장 같은 하얀 집이 마치 애증과 피의 드라마를 가진 유럽의 고성이라도 된 듯한 기분이 들었습니다. 지갑을 잃은 도우미 분이 안쓰럽긴 했지만, 왜, 히치콕이 그랬잖아요.

— 살인은 즐길 만한 일이다. 심지어 피해자 그 자신에게도.

살인도 그러한데, 하물며 화장실 구석에 처박힌 다

쓴 생리대나 복도에 뚝뚝 떨어진 생리혈이 피의 전부인 이곳에서 절도쯤이야 애들 장난 아니겠어요?

한번은 세탁실에 있는데 두 사람이 내려왔습니다. 이층 사람들인 것 같았는데 털을 쭈뼛 세우고 나를 노려보다가 내가 어색한 영어로 인사를 하자 자기들끼리 떠들기 시작했습니다.

"현관, 맞지?"

"응. 한국인."

"헤. 안 그렇게 생겼네."

"혹시 저 사람이 범인일까?"

"설마. 그럴 배짱 없어 보여."

멍청하긴. 나는 코웃음이 나올 뻔한 걸 간신히 참았습니다. 영어 한마디 했다고 일본어를 모르는 줄 알다니. 말도 못하면 어떻게 일을 해서 이 어처구니없이 비싼 집세를 감당하겠어요? 그러나 나는 시침을 뚝 떼고 휴대폰만 만지작댔습니다. 둘은 누가 범인일까 추리를 시작했는데, 들어보니 이상한 사람이 한둘이 아니었습니다. 누군 새벽만 되면 복도를 얼쩡대질 않나, 어떤 앤 화장실에서 전골을 끓여 먹질 않나. 남자를 데려와서 자는 애도 있었는데, 그냥 데려온 게 아니라 섹스를 한 눈치더라고요. 그중 하나가 갑자기 목소리를 낮췄습니다.

"그리고 개…… 같애. 맞지?"

그러자 상대방이 더 물을 것도 없다는 듯이 외쳤죠.

"그거지. 안 그럼 왜 맨날 밤에 나가고 어떻게 그렇게 비싼 걸 입고 다니겠어? 맨날 택시 타고 다니고."

때마침 건조가 끝났다는 알람이 울렸습니다. 나는 최대한 느리게 빨래를 꺼낸 다음 곧장 이층의 지헌 방으로 올라갔습니다. 자다 막 깬 건지, 부은 얼굴의 지헌은 얼떨떨한 표정을 지었습니다.

"그런 일이 있었다고요?"

"그렇다던데요."

"왜…… 왜 몰랐지?"

나는 어깨를 으쓱했습니다. "그럴 수도 있죠."

그러나 지헌은 머리를 감싸 쥐고 왜 몰랐지? 왜 몰랐지? 라는 말만 반복했습니다. 그걸 보니 약간 소름이 끼쳤습니다. 웃자고 한 말인데 지헌은 정말 진지한 문제로 받아들인 듯했어요.

"내쫓아야 하는 거 아니에요?"

"네?"

"그 여자요. 다른 일도 아니고 외부인을 데려온 건 신고해야 하는 거 아니냐고요."

"좀…… 그렇지 않아요? 어차피 우리는 나갈 사람들이잖아요."

그러나 지헌은 내 말이 들리지 않는지 실핏줄이 선 눈을 문지르며 중얼거렸습니다. 이게 뭐예요. 내 집인데 맘 편하게도 못 살고. 사실 내 집은 아니지만 그래도 제대로 쉬지도 못하고…… 진짜 머리 빠개질 것 같애…… 정말 스트레스가…… 이루 말할 수도 없이……

"그냥 넘겨."

이런 얘기를 가만히 듣고 있던 에이샤가 말했습니다. 여럿이 모여 살면 이런저런 일이 생기기 마련이고, 화내면 자기 손해라고요. 에이샤가 여자 기숙사에 살았던 이야기를 들려주었습니다. 우산이나 슬리퍼가 사라지고, 남의 샴푸를 쓰거나, 옷을 꺼내 입거나, 음식을 훔쳐먹는 건 일도 아니었답니다. 한번은 누가 공용 세탁기에서 깜빡하고 꺼내 가지 않은 빨래를 버려서 머리채를 잡고 싸운 적도 있대요. 공용 공간에 개인 물건을 방치하면 버리는 게 당연하다, 그게 무슨 방치냐 잠깐 두고 잊은 거다, 너는 잠깐이 나흘이냐 그 정도면 옷이 썩는다, 뭐, 그런 말을 하면서요. 그 밖에도 〈왕좌의 게임〉 뺨치는 모략과 배신과 욕망의 대서사시가 이어졌는데 요약하자면 문제 없는 날은 없었다는 얘기였습니다. 에이샤가 팔짱을 끼며 결론을 내렸습니다.

"어쩔 수 없지. 그래도 여자는 괜찮아. 싸워볼 만해."

꼭 체급 비교를 하는 관장님 같은 말투였습니다. 웃음이 났지만 틀린 말은 아니었습니다. 누가 치사하게 남자친구를 앞세운다면 좀 문제가 될 것 같았지만, '싸움 잘하는 자세'라는 궁극의 비기도 있었으니까요. 한국에서 유학 온 격투기 꿈나무인 척하면 어떻게든 되지 않겠어요? 그 얘기를 하자 에이샤가 윙크를 했습니다.

"그래. 그런 자세야. 싸우는 자세. 어쨌든 스트레스 받지 마. 스트레스 받는 사람이 지는 거야."

"그게 되나."

지헌이 밀크셰이크를 휘저으며 한국말로 중얼거렸습니다.

"어떻게 스트레스를 안 받아. 그러다가 무슨 일 생기면 나는……"

에이샤가 궁금한 얼굴로 나를 쳐다보았습니다. 나는

별일 아니라는 듯 웃고 몰래 눈빛을 보냈습니다. 네가 이해해. 재, 좀, 알지? 에이샤가 어깨를 으쓱하고 콜라에 공기 방울을 불어넣었습니다. 나 역시 지헌을 무시한 채 딱딱한 피자 끄트머리를 씹었고요. 그래도 은근히 짜증이 나긴 했습니다. 도둑이 오든, 살인마가 오든, 강간범이 오든 현관 앞의 내 방으로 오지 귀찮게 이층까지 가겠어요?

물론 지헌이 신경쓰는 마음을 모르는 건 아니었습니다. 나도 한번은 화장실에 갔다가 방문을 열고 온 게 생각나 문을 열고 똥을 눈 적이 있거든요. 그새 누가 내 지갑을 들고 갈까봐요. 그래도 딱 한 번뿐이었습니다. 지헌의 입장에서는 내가 조심성 없어 보일지 몰라도, 나는 매번 화장실이나 샤워실에 갈 때마다 열쇠로 방문을 잠그고 나오는 지헌이 더 기이하게 보였습니다. 어떻게 그렇게 매번 신경을 곤두세울 수 있을까? 그렇게 남들을 경계하고 살면 사람이 미쳐버리지 않을까요?

지헌은 모든 일에서 미래의 범죄 단서를 찾지 않으면 못 배겼습니다. 우리의 셜록은 전형적인 히스테리 환자로, 방에서 자기 머리카락보다 짧은 게 나왔다고 호들갑을 떨거나, 창밖에서 인기척이 느껴져서 잠을 설쳤다고 하소연했습니다. 기분 탓이라고 달랬지만 내 말을 듣지도 않았습니다. 솔직히 정말 짜증이 났습니다. 뭐 말 같은 소리를 해야 대꾸할 게 아니겠어요. 차라리 창밖으로 지나가던 할머니가 공동묘지가 어디냐고 물어봤다고 하면 웃기기라고 했을 텐데. (그리고 그 방은 아파트 십사층이었다! 우왁!) 우리 엄마가 그랬거든요. 꽃놀이도 한철이라고. 근데 이건 뭐, 매번 앓는 소리를 듣자니 죽겠더라구요.

그날도 셋이 맛있는 거나 먹자고 나온 건데, 덕분에 컵 안의 얼음이 녹기도 전에 기분을 잡쳤습니다.

말을 돌리기 위해 요즘 일하는 건 좀 어떻냐고 물었습니다.

"다 똑같지 뭐." 에이샤가 눈알을 굴렸습니다. 사람들은 평범하게 더럽고, 평범하게 이상한 섹스의 흔적을 남긴다고요. "아, 근데 한번 진짜 미친놈이 왔어. 지헌, 사진 있지?"

"응." 지헌이 처음으로 눈을 반짝이며 휴대폰을 꺼냈습니다. 쟤 또 오버하려나보다 싶어 좀 시큰둥하게 봤다가 깜짝 놀랐습니다. 사진 속 장소는 조그만 샤워실이었는데, 거긴 〈샤이닝The Shining〉의 피의 엘리베이터

신을 똥으로 바꾼 것 같은 장면이 펼쳐져 있었습니다. 그게 꿈이었다면 인생 역전의 실마리였을 테지만 안타깝게도 현실이었습니다. 에이샤가 덧붙였습니다.

"게다가 이건 확실하진 않지만…… 누가 휴게실에서 섹스하는 거 같아."

순간 할랄 마트의 창가에서 본 게 떠올라 물었습니다.

"휴게실? 청소 도구함이요? 거기서 어떻게요?"

"나도 모르지."

"안 잠겨 있어요?"

"가져갈 게 있어야지."

방어막이라곤 문에 붙은 '직원 외 출입 금지' 표지판이 전부라는 겁니다. 그래도 그게 꽤 큰 힘을 발휘해 주전부리 따위를 둬도 괜찮았는데, 언젠가부터 작은 쓰레기가 버려져 있다고 했습니다. 다들 한 깔끔 떠는 성격이라(그보다는 친 상이 민감해서) 부스러기 같은 것도 남기지 않았는데요. 그런데 엊그제는 누군가 쓴 휴지가 발견되었다고 합니다. 모텔 쓰레기통을 비우는 게 일인 사람들이 아니더라도 한눈에 용도를 알 수 있는 휴지가요. 그 길로 곧장 사무실로 가 방범 카메라를 확인해달라고 했는데 알겠다고만 하곤 별다른 조치가 없었다고 합니다.

"도둑맞은 것도 아니니까, 별일 아니라고 생각하나봐."

"왜 그러는 걸까요."

에이샤가 한숨을 쉬었습니다. "모르지. 내가 봤을 땐 다 미친 거 같아."

레스토랑을 나오자 어두운 하늘이 보였습니다. 종일 오던 비는 그쳤지만 여전히 흐리고 구름이 많이 낀 저녁이었습니다. 나는 조금 뒤에 떨어져서 오는 지헌에게 손을 흔들었습니다. 지헌씨! 이리 와요! 내가 부러 과장되게 외쳤지만 지헌은 괜찮다고 중얼거리고는 조금도 거리를 좁히지 않았습니다. 좀 짜증났지만, 그런 사진을 보고 난 다음이라 짠한 마음도 들었습니다. 그냥 제자리를 쓸고 닦는 것만으로도 허무한데 그런 똥밭을 치워야 한다니 갑자기 그애가 안쓰럽게 느껴졌습니다.

에이샤가 내 쪽으로 고개를 기울여 작게 물었어요.

"지헌, 무슨 일 있어?"

나는 고민하다 딱 한마디를 했습니다. "돌아가고 싶대요."

에이샤가 알겠다는 듯 고개를 끄덕였습니다. 그러곤

지나가는 듯이 말했죠. “좋겠다. 나는 갈 곳이 없어.”

지헌은 여전히 조금 떨어진 거리에서 우릴 따라왔습니다. 하지만 점점 발걸음이 빨라져 평소에 헤어지는 교차로 앞에 도착할 즈음엔 셋이 나란히 서게 되었습니다. “오늘 즐거웠어.” 에이샤가 예의 바르게 고개를 숙인 다음 다시 손을 흔들었습니다. 바이 바이. 머릿속에서 계속해서 에이샤의 말이 맴돌았습니다. 좋겠다. 나는 갈 곳이 없어⋯⋯ 멀어진 에이샤의 등뒤로 높게 묶은 머리가 추처럼 흔들렸습니다.

*

가끔 이런 게 궁금합니다. 예언이 미래를 알려주는 건지, 아니면 만드는 건지. 사람들이 번제물을 바치고 기도를 올리면 신의 말씀이 내려옵니다. 그중에는 좋은 말도 있지만 사실상 저주에 가까운 말도 있습니다. 그걸 피하기 위해 고군분투해도 결국엔 벌레의 몸부림에 지나지 않습니다. 신탁은 틀리는 법이 없으니까요.

예전엔 그게 신의 정확성 때문이라고 생각했습니다. 운명은 바꿀 수 없다고 믿었으니까요. 그런데 지금은 모든 일이 인간의 무능에서 비롯되었다는 생각도 듭니다. 예를 들어 오이디푸스요. 만약 내가 왕인데 내 아들이 나를 죽이고, 아내와 같은 침상에 든다는 예언을 듣는다면 내 손으로 확실하게 처리할 겁니다. 그게 싫으면 운명을 받아들이고 아들이 날 죽일 때까지 기다리든가요. 그리고 그날이 되기 전까진 사랑으로 키울 겁니다. 어쨌든 내 자식이잖아요.

그러나 신화 속 인간은 알면서 선택하는 담대함이 아니라, 도망치고 도망치다가 결국 화살이 과녁을 꿰뚫는 형식으로 예언을 실현시킵니다. 어찌 보면 그런 몸부림이 인간의 진실한 모습인 것 같습니다. 말은 이렇게 해도 나 역시 왕과 별다를 바 없는 인간이니까요. 지옥을 내 손으로 만들었다고 인정하는 것보다, 신에게 놀아났다고 믿는 순결한 피해자가 되는 편이 나으니까요.

하지만 가끔은 아름다운 것보다 진실한 게 필요하지 않을까요?

그맘때 지헌은 입버릇처럼 무슨 일이 일어날 거 같다고 이야기했습니다. 틀린 말은 아니었습니다. 해가 뜨고 지는 우주적 사건도 매일 일어나잖아요. 우주 먼지 같은 셰어 하우스에서도 드라마를 만들려면 한도 끝도 없었고요. 엄지손가락만한 바퀴벌레가 나왔다든지, 모기가 들끓는다든지, 누군가 문을 연 채 나간 바람에 외부인이 집에 들어왔다든지 등등.

지헌이 무언가 이상하다는 걸 눈치챈 건 이른 새벽이었습니다. 지헌은 아침잠이 많은 편인데, 그날은 꿈자리가 뒤숭숭해 일찍 눈을 떴다고 했습니다. 꿈에서 집에 불이 났대요. 해몽책에 따르면 무척 좋은 징조인데, 지헌은 그걸 몰랐는지 바보처럼 맨손으로 물을 퍼 나르다가 불길이 몸을 핥는 순간 억지로 눈을 떴답니다. 그렇게 한동안 눈을 깜빡이며 꿈과 현실의 경계가 또렷해지길 기다리는데, 누군가 방문 앞을 지나는 소리가 들렸다고 했습니다. 지헌은 신경쓰지 않고 돌아누웠습니다. 지헌의 방은 화장실 바로 앞이었고, 사람들은 늦은 밤에도 자주 화장실에 들락거렸거든요. 지헌도 마찬가지였고요.

서서히 잠의 세계로 빨려 들어가고 있던 지헌을 건진 건 소리였습니다. 지금쯤이면 문이 열리고, 변기 물이 내려가는 소리가 들려야 하는데 바깥이 너무 조용하더래요. 무언가 이상하다 싶어 지헌은 살그머니 눈을 떴습니다. 그리고 자는 척을 할지 일어날지 고민하다가 누운 상태로 머리맡에 둔 안경을 꺼내 쓰는 걸로 타협을 봤습니다. 평소처럼 조용하고 깨끗한 방이 눈에 들어왔습니다. 문고리가 약간 아래로 처져 있는 듯했지만, 기분 탓이라고 해도 무방할 정도로 아주 약간이었습니다. 지헌은 계속해서 문고리에 시선을 두었습니다. 한참을 보았지만 문고리는 움직이지 않고 그대로였습니다. 그러나 지헌이 자기도 모르게 다시 잠이 들었다 아차 하고 눈을 뜬 순간, 문고리는 호를 그리며 절반쯤 내려가 있는 상태였습니다. 문득 화장실을 다녀온 뒤 문을 잠그지 않은 걸 깨달았지만 이미 늦은 때였습니다.

상상도 하지 못한 일이 일어나면 사람들은 두 가지 반응을 보이는 것 같습니다. 놀라서 얼이 빠지거나 비명을 지르거나요. 지헌의 반응은 전자였습니다. 멍하니 보는 것 외에 지헌은 아무 일도 할 수 없었습니다. 지헌의 눈치를 살피듯 천천히, 조용히 문고리가 끝까지 내려갔고 누군가 문을 밀었습니다. 검은 그림자가 방안에 드리워졌습니다. 뭐에 홀린 듯 자리에서 일어난 지헌이 문을 닫으려고 했을 땐 이미 발 하나가 들어올 만큼 틈새가 벌어진 뒤였습니다.

그러나 지헌도, 그림자도 눈치채지 못한 건 바닥에 놓인 촛불이었습니다. 자기 전 지헌이 켜둔 것이었죠. 더운 날씨에 지독해진 화장실 냄새와 복도 끝에서부터 밀려오는 체취를 참기에 너무 예민했던 거죠. 지헌이 침대에서 내려와 문을 닫으려는 순간, 발에 차인 초가 쓰러졌습니다. 촛농이 지헌의 맨발에 닿았고 순간 뜨거움을 참지 못한 그가 소리를 질렀습니다. 악! 그 소리에 놀랐는지 밖에서 우당탕하는 발소리가 들렸습니다. 서둘러 불을 끈 지헌이 절뚝거리며 나갔을 때 이미 복도는 텅 비어 있었습니다. 새벽의 소란에 뿔난 옆방 사람이 벽을 두어 번 내리치는 소리만 들려올 뿐이었죠.

메일이라도 보내지 그랬냐고 하자 지헌이 고개를 저었습니다. 증거가 없대요. 누가 방에 침입하려고 했던 증거가요. 게다가 하우스는 목조건물이라 원칙적으로 불을 이용한 모든 게 금지였습니다. 누군가 들어오려고 한 것도 문제지만, 그걸 말하려면 지헌이 규칙을 어기고 초를 켜두었다는 걸 말해야 했습니다. 한마디로 진퇴양난이었죠. 지헌이 밤새 꺼멓게 늙은 얼굴을 문지르며 말했습니다. 잠도 못 자고, 계속 생각하다 보니 이젠 잘 모르겠다고. 그 사람이 그냥 어두워서 실수한 거면?

술 취해서 방을 헷갈린 거면?

지헌이 물어뜯어 축축해진 손끝을 옷에 문질렀습니다.

"하여튼 오늘은 못 있겠어요. 그래서 그냥 다른 데서 자고 오려고요."

"어디요? 에이샤네?"

"아뇨. 모텔이요."

"모텔이요? 일하는 데?"

"네."

나는 깜짝 놀랐습니다. 위험한 걸로 치면 거기가 더할 거 같았는데요. 아니, 침입자는 내게 무슨 일을 할지 모르지만 색정광은 자기들끼리 행복한 거니 괜찮은 걸까요? 하지만 지난번에 본 똥의 카니발은 육체의 괴로움이 나을 정도로 정신에 위협적인 풍경이었는데 말이에요.

내가 머릿속에서 재고, 따지는 동안 지헌은 집 앞 슈퍼라도 가는 것처럼 태연하게 옷을 갈아입었습니다. 그러곤 서랍을 뒤져 지갑과 통장, 도장을 챙긴 뒤 공병에 로션을 옮겨 담았죠. 그게 참…… 배짱이 좋다고 할지, 어린애 같다고 할지…… 무슨 말이라도 해야 할 거 같아 생각나는 대로 떠들었습니다. 혼자 가도 돼요? 예약 안 해도 돼요? 비싸진 않아요? 지저분하지 않을까요? 그러자 지헌이 내가 무슨 농담이라도 한 것처럼 웃더라구요.

"언니, 걱정 마세요. 제가 치운 덴데."

"그럼 같이 가요."

내가 말하고도 내 입을 틀어막고 싶었습니다. 편한 집 놔두고 왜…… 미친듯이 피로가 몰려왔지만 엎어진 물이었습니다. 지헌이 기대도 안 했다는 듯 놀란 얼굴로 나를 보았습니다.

"정말요? 저야 좋지만, 언니 괜찮아요?"

"괜찮아요. 월급도 받았고."

겉으론 태연한 척했지만 속은 뒤집어졌습니다. 그즈음 계속해서 우울한 기류를 내뿜고 있는 지헌을 감당할 수 있을지 걱정도 되었고요. 그래도 어쩌겠어요. 여자가 가오가 있지. 내가 방에 내려가 짐을 챙겨 오겠다고 하자 지헌이 감동한 눈빛으로 말했습니다.

"언니 고마워요. 언니는 정말 착한 사람인 거 같아요."

나는 웃었습니다. 착하다는 건 미련하다는 말과 동의

어라죠……

우리는 보슬비가 내리는 거리를 걸어 모텔에 갔습니다. 각종 희한한 방들 중 제일 멀쩡한 방을 골랐지만 그래도 거울은 지나치게 크고, 샤워실은 투명이었습니다. 우리는 수건으로 간이벽을 만들어 씻은 다음 내려가서 저녁거리를 사왔습니다. 이왕 나왔으니, 놀러나온 기분으로 치킨도 사고 주먹밥도 사자, 이러면서 들떠 있었는데 매대가 텅 비어 있었습니다. 직원에게 무슨 일이냐고 물으니 오늘밤 태풍이 온다고 하더군요. 생각해보니 이틀 전 창고 정리를 하는데 물량이 좀 많다 싶었던 게 생각났습니다. 한국인 입장에선 별것도 아닌 걸로 호들갑 떠네, 싶었지만 자연재해가 잦은 나라라 대비를 철저히 하는 것 같았습니다. 다행히 여기 사람들이 매운 걸 안 먹는 탓에 신라면이 남아 맥주와 함께 살 수 있었습니다.

처음엔 뽀글이를 해 먹느니 어쩌니 낄낄댔지만 술을 마시다 보니 점점 침울해졌습니다. 힐끗 보니 지헌의 얼굴은 거의 새카맣게 타들어가 있었습니다. 뭐라도 보면 나을까 싶어 티브이를 켰는데, 하필 그맘때 정치 상황이 무척 나빠 한국을 욕하는 뉴스가 나왔습니다. 재빨리 티브이를 껐지만 아까보다 더한 침묵이 몰려왔습니다. 견디지 못해 몸을 배배 꼬다가 나도 모르게 이런 말을 뱉었습니다.

"생각했던 거랑 조금 다르지 않아요?"

단지 그것뿐이었는데, 지헌은 찰떡같이 알아듣고 되물었습니다.

"언닌 뭘 생각하고 왔는데요?"

공격하는 투는 아니었습니다. 그냥 순수하게 궁금한 말투였지만 괜히 정곡을 찔린 듯 민망했습니다. 딱히 할말이 없어 웅얼거렸습니다. "그러게요. 뭘 기대했던 걸까요……"

그렇게 어물어물 술만 홀짝이다가 나도 모르게 잠이 들었는지, 정신을 차렸을 땐 사방이 캄캄했습니다. 누군가 문을 두드리듯, 빗방울이 창유리를 때리는 소리만 들렸습니다. 나는 일어나 창가에 섰습니다. 비에 젖은 창문 너머로 마지막 방주를 위협하듯 바람이 세차게 불었습니다. 호기심에 창문을 살짝 열자, 작은 틈새로 바람이 불어와 커튼이 미친 여자의 치맛자락처럼 부풀어올랐습니다. 얼른 창문을 닫았지만 그래도 옷 앞자락이 금새 축축해졌더군요. 다행히 지헌은 곤히 잠들어 깨지 않았습니다. 다시 침대에 누워 잠을 청하면서도 방금 전 열린 창으로 보이던 풍경을 계속해서 생각했습니다. 부러질 듯 휘는 나무 아래로 한 사람이 커다란 개를 산책시키고 있었습니다. 우비가 다 뜯어져 바람에 날리는데 도대체 어딜 가고 있던 건지, 이런 날씨에 춥지도 않은지…… 창유리를 때리는 빗소리가 점점 약해졌습니다. 부드러운 리듬을 따라 나도 모르는 새 잠의 세계로 미끄러지듯 정박했습니다. 포근한, 죽음 같은 단잠이었습니다.

지금도 그때를 떠올리면 이런 생각이 듭니다. 같은 시간, 같은 건물에서 누군가 핏물에 잠기고 있다는 걸 알았대도 그랬을까요?

사건은 이런 식이었습니다. 등장인물을 A와 B라고 하겠습니다. 뻔한 얘기입니다. A는 레즈비언을 대상으로 하는 출장 성매매업소에서 일했습니다. 그곳에서 손님으로 온 B와 만나 (적어도 B의 주장에 따르면) 두 사람은 사랑에 빠지게 되었습니다. 첫 만남이 그래서인지, B는 A의 여자관계에 대해 끊임없이 의심했다고 합니다. 일을 그만두라고도 했고요. A는 그런 B에게 답답하다고 했고, 자신을 이해할 수 없다면 더이상 만나지 못하겠다는 엄포를 놓기도 했답니다. B는 울며 사과했지만, 그 뒤로도 계속 둘은 같은 문제로 싸웠다고 했습니다. 그게 둘 사이의 갈등이 되었다고 합니다.

그날도 마찬가지였습니다. 똑같은 레퍼토리였고, 크게 흥분할 일도 없었는데 그날은 뭔가 틀어질 운명이었는지 정신을 차린 B의 눈앞에 등을 보이고 쓰러진 시체 한 구만 있었다고 합니다.

이 장면을 생각하면 여러 가지 질문이 떠오릅니다. B는 왜 그런 짓을 한 걸까? B는 원래부터 그런 인간인 걸까, 아니면 사랑이 그를 망가뜨린 걸까? 죽여서라도 갖고 싶은 마음은 뭘까? 상상만 하는 인간과 실제로 하는 인간 사이에는 어떤 강이 흐르는 걸까? 그건 강일까? 아니면 마음만 먹으면 발목도 적시지 않고 건널 수 있는 얕은 샘일까? 질문은 끝이 없지만 적어도 그날 B가 내린 답이 틀렸다는 것만은 분명했습니다. 그가 원한 건 연인의 싸늘해진 마음을 돌리는 일이었지, 싸늘한 연인이 아니었을 테니까요.

자신이 저지른 일에 B는 무척 당황했습니다. 배터리

가 없던 탓에 그는 곧장 가까운 공중전화로 달려가 자신이 연인을 찔렀다고 신고했습니다. 그리고 A가 쓰러진 자리로 갔습니다. 그런데 다시 돌아간 그곳엔 아무것도 없었습니다. 도무지 믿을 수 없는 광경이었죠.

황당한 일이었습니다. 앰뷸런스는 돌아가고, 경찰이 간단한 조사를 했지만 아무것도 찾을 수 없었습니다. 주변에 목격자도 없고, 모텔 방범 카메라엔 아무것도 잡히지 않았습니다. B가 A를 만났다던 업소에선 (당연한 일일지 모르지만) 그런 사람은 없다고 했고요. 뭐가 어떻게 되었든 죽은 사람이 제 발로 걸어나갈 순 없으니, B의 우려와는 달리 살인은 일어나지 않은 셈이 되었습니다.

결국 사건은 해프닝으로 마무리되었습니다. 한동안 모텔 직원들 입에 오르내렸을 뿐 그 거리엔 A를 찾는 사람도 없었고 뉴스에도 등장하지 않았습니다. 일본에서만 매년 수만 건씩 실종이 일어난다고 하니, 여자 하나 사라지는 건 사건이 아니었는지도 모르겠습니다만.

문제는 불똥이 엉뚱한 데로 튀었다는 데 있습니다. 그 일로 에이샤의 할아버지가 고국으로 돌아가게 되었거든요. B가 A를 찌른 곳이 청소 도구함이었기 때문입니다. B가 쓴 도구는 물이 뚝뚝 떨어지는 자두나 아삭한 사과의 껍질을 벗기던 과도였구요. 그곳이 연인의 밀회 장소라는 게 뜬소문은 아니었던 셈입니다. 누구도 그런 식으로 소문의 진상을 확인하길 원하진 않았겠지만요.

나는 그 장면을, 마치 내 눈으로 본 것처럼 생생하게 그릴 수 있습니다. 평소처럼 할랄 마트는 손님이 끊일 듯 끊이지 않았고 소리를 끈 티브이가 혼자 돌아가고 있었을 겁니다. 손님들이 낯선 이름의 소스 병들을 살피는 동안 큰아버지는 음료수병들을 나르거나, 언 고기를 채우거나, 돈을 세고 있었을 테고 할아버지는 창가에 앉아 졸고 계셨겠죠.

마트 안에 경찰이 들어왔을 때 큰아버지는 긴장했을지 모릅니다. 그러나 침착하게 행동하려고 노력했겠죠. 큰아버지는 몰아치듯 빠른 일본어를 잘 알아듣지 못했지만 눈치껏 경찰에게 손을 저었을 겁니다. 난 아무것도 모른다, 내가 아는 건 부정하지 않은 양고기와 태양의 뜨거움을 담은 향신료의 가격뿐이다, 라는 의미를 담아서요. 경찰도 큰 기대를 한 건 아니었을 겁니다. 그냥 형식상의 수사였을 테죠.

그때 누군가 할아버지를 발견했을 겁니다. 그리고 벽

의 무늬나 오래된 가구처럼 보이는 노인에게서 무언가 얻어낼 수도 있다고 생각하고 그에게 접근했을 겁니다. 당황한 큰아버지가 그가 아는 몇 안 되는 고급 일본어—아버님은 치매가 있으셔서 대화가 어렵습니다—를 빠르게 중얼거렸을 땐, 잠에서 깨어 본 것이 젖은 눈망울의 손녀나 깡말라 무얼 입어도 왜소해 보이는 아들이 아닌 제복 차림의 남자라는 걸 안 노인이 반사적으로 손을 휘둘렀을 겁니다. 정신없는 노인이라곤 하지만 그렇기에 더 우악스러운 손길에 놀란 경찰이 물러났을 땐 이마에서 피가 흘러내리고 있었을 테고요. 다행인 건 경찰은 피부만 살짝 찢어졌다는 겁니다. 나쁜 건 할아버지가 재류 카드 따위를 갖고 있지 않았다는 거고요.

사라진 사람은 한 사람 더 있었습니다. 204호였습니다. 쉬는 날이라 집에 있던 지헌이 복도가 소란스러워 나가보니 하우스의 유니폼을 입은 사람 둘이 있었다고 합니다. 냄새 때문에 온 거냐고 물으니 고개를 저으며 204호가 집세를 내지 않았기 때문에 온 거라고 했답니다. 지헌은 한 발짝 떨어져 두 사람이 문을 열려고 애쓰는 걸 보았습니다. 때마침 화장실을 가려고 나왔던 202호도 함께였죠.

방은 발 하나 디딜 틈 없이 짐이 많아, 들어가는 것부터가 어려웠대요. 테트리스 조각처럼 켜켜이 쌓인 짐들이 창을 가려 낮이었는데도 어두컴컴했다고 합니다. 처음엔 분리수거를 하다 나중엔 닥치는 대로 쓰레기봉투에 집어넣었는데도, 일이 얼추 마무리되자 저녁이었다더군요. 이상한 건 방안에서 우리를 괴롭혔던 냄새가 나지 않았다는 겁니다. 방은 짐이 아주 많은 걸 빼곤 평범했고, 우리가 추측하던 썩은 생리대도, 곰팡이 핀 쌀밥도 없었다고 합니다. 외려 멀쩡한 옷들이 드라이클리닝 되어 걸려 있고, 뜯지도 않은 새 화장품이나 향수가 수두룩했대요. 그런 게 수십 개씩 되어서 문제였지.

경찰을 부를 줄 알았던 직원들은 청소만 하고 하우스를 나섰답니다. 처음부터 끝까지 그걸 지켜보던 202호가 현관 옆 쓰레기장으로 가더니 봉투를 헤쳐 고급 화장품을 가져갔고요.

지헌이 말했습니다.

"언니도 몇 개 챙기세요. 완전 새거던데."

"지헌씨는요?"

"저는…… 괜찮아요."

잠시 지헌이 생각에 잠긴 듯, 멍하니 있다 중얼거렸습니다.

"그런데 언니, 이상한 건요, 도저히 사람이 밖으로 나올 수 없게 입구가 막혀 있었다는 거예요. 누가 안에서 다른 사람이 들어오는 걸 막아둔 것처럼요. 창문도 잠겨 있었구요. 그럼 안에 있던 사람은 어떻게 나온 걸까요? 거기 진짜 사람이 살긴 살았던 걸까요?"

그 일이 있고 얼마 뒤 나는 일본을 떠나기로 마음먹었습니다. 어느 날 아침 눈을 떴는데, 그냥 그런 때가 되었다는 걸 느꼈습니다. 나도 모르는 저주에 걸렸다 풀린 기분이랄까요.

나는 곧장 짐을 배로 부치고, 집 계약을 해지하고, 일도 그만둔다고 통보했습니다. 그냥 돈을 벌러 다닌 건데, 직원들은 진심으로 아쉬워해주었습니다. 사장과 점장, 매니저만 왔지만 나를 위한 송별회도 열어주었고요. 그제야 내가 어쩌면 마음을 닫고 살았는지도 모르겠다는 생각이 들었습니다. 하지만 짧은 술자리가 끝나고 그동안 고생 많았다며 내 어깨를 두드리는 사장에게 보고 싶을 거라는 말은 할 수 없었습니다.

얼마 있지 않아 깨끗해진 204호에 새로운 사람이 들

어왔습니다. 못 보던 사람이 세탁기 앞에 한참을 서 있길래 혹시나 싶어 한국어로 말을 걸자 여자가 반색을 했습니다. 그는 사람이 그리웠는지, 사흘 전 이곳에 도착했고 내일 휴대폰을 개통하러 갈 거고 낮에는 다이칸야마에 놀러갔는데 교통비가 비싸서 까무러칠 뻔했다는 얘기를 쉬지 않고 쏟아냈습니다.

"그래도 집세가 싸니까요. 괜찮아요."

"집세가 싸요?"

내가 묻자 그가 도리어 어리둥절한 표정으로 나를 쳐다보았습니다.

"다른 데 반값이던데요."

그 말을 듣고 홈페이지에 들어가 보니 처음 세 달은 반값이라고 되어 있었습니다. 팝업창의 '半額割引'이라는 글자가 나방을 끄는 불빛처럼 번쩍이는 걸 보다 나는 창을 닫았습니다. 이 집을 처음 구했을 때가 생각났습니다. '계약금 0엔. 즉시 계약시 추가 할인'이라던 문구가요. 그러자 처음으로 궁금해졌습니다. 이전에 내 방엔 어떤 사람이 살았던 걸까요?

나는 마지막으로 지헌과 롯폰기에 갔습니다. 이제껏 망설이기만 했는데, 큰맘 먹고 귀걸이도 하나 사고, 스키야키도 먹었습니다. 가게에서 나와 이제 뭘 할까, 카페나 갈까 싶었는데 생각보다 가까운 곳에 동경타워가 보였습니다. 지헌이 한번 걸어가보지 않겠냐고 묻더군요. 소화도 시킬 겸 좋다고 했습니다.

부자 동네는 부자 동네인지, 아니면 내 마음 때문에 그렇게 보인 건지 집들도 멋있고 분위기 자체가 좀 달랐습니다. 사람들 옷차림도 세련된 것 같았고요. 지헌이 목이 마르다고 했지만, 눈에 띄는 가게가 없었습니다. 단 한 군데, 레스토랑과 카페를 겸하는 곳이 있었는데 금발에 두 눈이 시퍼런 외국인이 테라스에 앉아 있는 걸 보고 뭔가 기가 죽어 들어가려다 말았습니다. 가격표도 좀 두려웠고요. 그러고 나니 마땅한 데가 없어 이렇게 된 거 그냥 편의점이나 가자고 해서 편의점엘 갔습니다.

들어가자 어눌한 인사말이 들렸습니다. 직원 하나는 카운터에 서 있고, 하나는 매대 옆에서 물건을 정리하고 있었습니다. 둘 다 눈이 크고 피부가 검었습니다. 나는 뽑아 먹는 커피를 골랐고, 지헌은 페트병에 든 리치주스를 골랐습니다. 카운터에서 컵을 받고 커피가 나오길 기다리는데 내가 엉뚱한 버튼을 눌렀다는 걸 알았습니다.

“저기요. 이거 버튼을 잘못 눌렀는데요.”

나는 카운터에 선 직원에게 말을 걸었습니다. 그러나 그는 내 말을 들은 체 만 체 하며 괜히 카운터 안쪽에서 부시럭댔습니다. 날도 더운데. 나는 약간 짜증이 나서 다시 한번 같은 말을 반복했습니다.

“저기요. 이거 잘못 눌렀는데 어떡하냐고요.”

그제야 직원이 천천히 고개를 들었습니다. 그는 무척 당황한 얼굴로 내 눈치를 보더니 손으로 가위표를 그렸습니다. 순간 깨달았습니다. 아, 이 사람은 일본어를 못 하는구나. 등뒤로 식은땀이 죽 흘렀는데 물건을 정리하던 남자가 카운터로 들어왔습니다. 그는 일본어도 잘하고, 방금 전 직원보다 고참인지 금방 새 커피를 내리며 고개를 조아렸습니다.

“정말 드릴 말씀이 없습니다.”

그 말에 얼굴이 붉어졌습니다. 정말이지, 제대로 설명하고 싶었습니다. 오해해서 미안하다고. 이건 백 퍼센트 내 잘못이고, 나도 당신들과 같다고. 그러나 어색하게 손바닥만 흰, 어두운 색의 손에서 커피를 받아들면서도 차마 그렇게 말하진 못했습니다. 왜냐면 그건 거짓말이었으니까요. 난 희고, 좀 그런 피부가 아니었으니까……

동경타워에 도착한 건 해가 질 즈음이었습니다. 멋진 야경을 기대했는데 솔직히 아주 인상적이진 않았습니다. 지헌은 완전히 어두워지지 않은 탓이라며 창가에 붙어 섰고, 나는 잠시 그 곁에서 얼쩡대다 혼자 의자에 앉았습니다. 빌딩의 불빛이 하나둘 켜졌습니다. 귀갓길의 차가 수도고속도로의 도심 환상선 위로 은하수를 그리고, 지상의 크고 작은 빛들이 별처럼 반짝이는 걸 보면서도 내 기분은 변함없이 울적했습니다. 들뜬 연인들과 비명을 지르는 아이들 틈에서 나는 생각했습니다. 왜 모든 건 기대처럼 흘러가지 않는 건지, 그도 아니면 세상은 아름다운데 내 안에 무언가를 느끼는 능력이 사라진 건지……

그러다 어느 순간 깨달았습니다. 내가 보는 풍경엔 동경타워가 없다는 걸요. 마치 우화의 주인공이 된 기분이었습니다. 어떤 사람이 동경타워를 보러 동경타워에 갔대. 가보니 타워 안에 있어 타워가 보이지 않더래……

나는 서울로 돌아갈 준비를 했습니다.

사랑하는 개
박솔뫼

그날 금이 했던 말 중 하나는 정확하게 기억하고 있다. 왜냐면 기록해두었기 때문이다.

"사는 게 너무 피곤하고 귀찮고 아무것도 하기 싫어요."

나는 이 말이 끊어지지 않고 한 번에 입에서 술술 나오는 것을 듣자 그게 뭔가 리듬감 있고 대사 같다고 해야 할까 아무튼 조금 전문적으로 들려서 잠깐만요 잠깐 써둘게요라고 말하고 메모해두었다. 그 외에 우리는 그런 이야기를 했는데 늘 진심으로 말하지만 늘 하지 않고 할 수 없다고 생각하는 것들. 하와이에 가야겠네요. 역시 하와이죠. 먼지가 요새 너무 심해서 목이 아파요, 그렇다면 역시 하와이죠. 일본도 요즘은 이전보다 수치가 높아졌대요. 하와이에 가서 뭐 하지 그럼 한식당에서 일해야 하나 한식당을 차려야 하나. 돌솥비빔밥집 열어야 할 것 같아요. 왠지 잘될 것 같은데. 그럼 돌솥을 들고 가야 하잖아요. 아 그게 문제네. 커피를 좀 마시다가, 근데 하와이에 가려고 마음먹었는데 돌솥 같은 게 문제겠어요. 한숨을 쉬다가 그건 그래요. 저는 사실 뭐 공부를 아주 열심히 하거나 일에 엄청 열의를 가지거나 그런 것은 아니어도 그래도 그런 걸 막 귀찮아하지는 않았거든요? 그러니까 친구들한테 연락 오면 문자 보내고 전화하고 그런 거요. 메일 답장하고 그런 거는 안 미루고 했었는데 요즘은 그것도 미루게 돼요. 사는 게 너무 피곤하고 귀찮고 아무것도 하기 싫어요. 아니 무슨 쉬지 않고 그런 말을 무슨 말인지 알겠는데 잠깐만요 이거 조금 웃겨서 잠깐 메모 좀 해둘게요.

내가 웃으며 메모할 동안 아주 잠깐 보았던 금의 피곤한 얼굴이 시간이 지날수록 엄청나게 괴롭고 쭈그러진 얼굴로 변해 떠올랐다가 사라졌다.

"저는 정말 개가 되고 싶어요."
"개를 키우고 싶어요."

이 이야기는 메모하지 않았다. 저는 개가 되고 싶은 건 아닌 거 같아요. 뭐가 되고 싶은 건 아니고 그냥 상황이 이러거나 저러거나 그랬으면 좋겠어요. 개가 되고 싶다 아니다 되고 싶지는 않고 사람인 게 좋다 뭐여서 좋다 그런 문제라기보다는요.

금을 다시 만난 것은 일 년 뒤의 일로 서로 바빴던데다가 내가 회사를 그만두고 내친김에 캐나다로 어학연수를 육 개월간 갔다 왔기 때문이었다. 그때의 나는 무슨 돈이 있었던 것일까 퇴직금에 얼마 되지 않는 모은 돈을 들고 나갔었다. 전세 보증금을 건드리지 않은 것이 장한 일이었으나 어째서 영어로 딱히 뭔가를 할 생각이 없었으면서도 그런 결정을 한 것일까? 잘 지내다 왔기 때문에 큰 후회는 없지만 멀리서 삼사십 년 후의 내가 나를 찾아와 얘 너 정말 후회는 없니 그게 정말 그렇게 말할 수 있는 일일까 하는 장면이 잊을 만하면 떠올라 나를 괴롭혔다. 아주 가끔은 삼십 년 후의 나는 그래그래 이후 너는 아주 바쁘고 할 일이 많은 삶을 살게 된단다 그때라도 쉬어서 아주 잘했어라고 하기도 하지만 그건 정말 내가 애쓰고 애쓴 그림이었고 그런 생각을 하다보면 어김없이 등장하는 것은 회사를 관두지 않은 나인데 회사를 관두지 않고 버틴 나는 지친 얼굴로 삼 년 전의 나를 꾸짖으며 회사가 그 난리가 나서 모두가 관둘 때 버틴 것은 너의 잘못이지 할말이 없다 정말. 네가 어떻게 되는지 알려줄까? 결국 너는 한 일 년 더 버티다 관두게 된다고. 좀더 일찍 관두고 선배가 오라는 곳에 갔으면 아니 그냥 관뒀어야지 어디를 가든가 말든가 그런 생각 말고 거기는 아니었는데 진작 관뒀어야지 하고 따지러 오는데 그때의 나는 셋 중에서 가장 유능해 보였다. 뭔가 내가 아닌 것 같아.

실제의 나는 어떤 곤란한 생각이든 떠오르면 잊으려고 고개를 저으며 뭔가 입에 넣을 것을 만드는 사람이었다. 만드느라 손을 쓰면 조금 잊게 되지 그걸 입에 넣으면 더 빨리 잊게 되지. 마늘을 다지고 파를 잘게 썰고 간장과 미림과 설탕을 넣고 생강도 약간 넣고 고기를 플라스틱 통에 넣어서 냉장고에 두었다. 냄비에 멸치육

수를 우리면서 그래서 뭘 하지 된장찌개도 할 수 있고 김치찌개도 할 수 있는데 뭘 하며 정신없이 순서에 맞게 빨리빨리 뭔가를 해내가며 잠깐 다른 생각을 할까.

금은 동네 공원으로 나를 불렀다. 입구의 표지판 앞에 금이 개 한 마리와 함께 서 있었다.

— 오랜만이에요.
— 그죠.
— 웬 개예요? 개 좋아하더니 결국 기르게 된 거예요?
— 예.

금은 좀 걷자며 개를 데리고 공원 안쪽으로 나를 안내했다. 농구대를 바라보고 있는 돌로 된 넓은 계단이라고 해야 하나 운동하는 사람들의 물병과 벗어둔 옷이 있는 자리 아래에 있는 벤치에 우리는 앉았다. 제가 개가 되고 싶다는 생각은 꾸준히 그러니까 어린 시절부터 했었는데요. 혹시 94년에 무슨 일이 있었는지 기억나세요? 네 기억해요. 기억하세요? 네. 무슨 일이 있었는데요?

— 94년도면 제가 열 살 때인데요. 그때 이사를 갔거든요. 그래서 이사를 간 해라 이사 전후가 그럭저럭 잘 떠오르고요. 이사를 간 해를 중심으로 그전 해 그다음 해 한동안 그런 식으로 기억을 분할했거든요. 그러니까 이사가 당시에 제 인생에서 엄청 큰 사건이었던 거죠. 그래서 이사 간 해 그다음 해 이곳에 살게 된 지 몇 년 된 해 이런 식으로 시간을 분명하게 딱딱 분할해서 기억하게 되었던 거죠. 그리고 그해는 여름이 기억나요. 굉장히 더웠었고 그게 습기도 많았는데 그것보다는 해가 쨍쨍해서 뭔가 더운 나라처럼 길가에 빛과 그림자가 선명하게 구분되었던 것이 기억나요. 어릴 때는 태양이나 햇볕 바람 비 이런 것이 실제로 새로울 수밖에 없잖아요. 뭔가 책에서 읽고 영화에서 보며 배울 수도 있지만 열 살이면 실제로 읽거나 본 것도 적으니까 골목에 선명하게 선이 그어지듯이 그림자가 생긴 게 강렬했어요. 여름 노래들이 오랫동안 인기 있었고 또 그때 아래층엔가 대학생 언니가 살아서 그 언니가 다 본 잡지나 화보 같은 걸 자주 집 앞에 버렸었거든요. 그래서 어릴 때 그걸 보면서 아 어른이 되면 이렇게 예쁜 걸 입게 되겠지 나도 예쁜 옷들 입어야겠다 그런 생각을 했었어요. 다

른 사람들이 어떤 옷을 입는지 눈여겨보기 시작한 해라고 해야 하나.

개는 얌전히 금의 옆에 앉아 있었다. 여름의 이야기를 시작하자 멀리서 여름의 냄새가 햇볕에 잘 말린 흰 천의 냄새가 컵에 맺힌 물방울의 표면이 떠올랐다. 개는 금색이라고 해야 할까 베이지와 노란색이 섞인 색을 하고 마치 우리의 이야기를 듣고 있다는 듯이 조용히 앉아 있었다. 그러고 보니 얼마 전까지 쌀쌀했던 날씨는 지난주의 어느 날인가 하루를 기점으로 사라져 오늘은 최고기온이 이십오 도라고 했어 여름이 오고 있었다. 개의 머리에 손을 대고 느리게 쓰다듬고 있자 금이 천천히 말을 하기 시작했다. 개는 내가 쓰다듬어도 아무런 반응도 없었고 처음처럼 가만히 앉아 있기만 했다. 어른스러운 개였다.

— 그때, 개가 되고 싶다고 말을 해서요. 그때 우리 만났었잖아요. 회사 근처에서 만나서 쌀국수 먹고 일 이야기도 조금 하고 그랬었잖아요. 그때 제가 개가 되고 싶다고 그런 말을 해서요. 개가……되는 것으로 되

었어요. 94년도에 제가 개와 함께 있었거든요. 어릴 때죠. 아니 함께 있었다기보다 저희 집에서 개를 키운 건데. 그때도 개가 되고 싶다고 말을 했어요. 사실 어릴 때부터 계속 개가 너무 좋아서 뭔가 개가 되고 싶다는 생각을 계속하기는 했었거든요. 근데 그 이전까지는 개가 되고 싶다고 생각만 했지 실제로 그걸 입 밖으로 내지는 않았거든요. 근데 94년 4월 13일에 제가 개와 놀다가 그 개 이름은 노디였는데요 노디랑 놀다가 개가 되고 싶어라고 말을 했는데 노디가 그러자 하고 말을 하는 거예요. 그러고 나서 금이 개가 되고 노디 그러니까 제가 금이 되어서 이십 년 넘게 살고 있었는데요.

금이 뭔가 할말이 있어서 불렀다는 생각은 했다. 아니라면 단둘이 만날 이유는 딱히 없었을 것이다. 물론 그럭저럭 좋은 사이이고 어색한 것은 아니지만 우리는 보통의 경우라면 친구들과 함께 만났고 뭐랄까 크게 용건이 없는 이상은 아니면 뭐 회사 근처에 금이 들렀거나 그런 일이 아니고서야 둘이 만날 일은 거의 없었기 때문에 물론 공원이라는 장소가 좀 의외라고 생각은 했다. 보통이라면 카페겠지. 커피도 없이 대낮에 공원에서 무슨 일로 부른 것일까 좀 이상하다는 생각을 했지만 왜 이런 이야기를 들어야 하는 것일까 안 그래도 속이 복잡한데. 하지만 뭐랄까 94년이라는 시간 꼭 94년이 아니라도 좋을지 모르겠지만 어떤 시간을 점찍어두고 의식적으로 그곳으로 거슬러 가보는 것은 정말 오랜만이라는 생각이 들었다. 그 감각이 신선하기는 했다. 여러 가지 기분과 감정이 떠올랐고 한편으로는 백 퍼센트 감정적인 일만은 아니었다. 신문에서 본 타이포로 머리에 박힌 사건들 숫자와 사람들의 이름 같은 것이 아무런 감정 없이 줄줄 기억이 났다. 보통 한두 달 전의 일도 막상 기억하려고 들면 정확히 기억나지 않았는데 이십여 년 전이라니 정말 어릴 때의 일이기 때문인지 이사를 갔던 해이기 때문인지 그해만은 선명하게 떠오르는 기억들이 있었다. 오랜만에 기분 좋게 머리를 쓰는 기분이 들었다.

나는 햇빛이 강렬하게 들어오는 창가에 앉아 선생님의 목소리가 순간 들리지 않고 내가 먼 곳으로 여름 노래가 들리고 얼마 전 화보에서 본 커다란 나무 테이블이 놓인 바닷가로 가는 모습이 그려졌다.

— 그런데 왜 이름이 노디인 거예요?

— 그게 중요한 게 아니고. 그러니까 그건 금이 붙인 건데 아마 만화에 나오는 사람 이름일 거예요.

— 그럼 당신은 개였는데 금의 몸속으로 들어가고 금은 뭐가 되었다는 거예요?

— 금이 노디가 된 거죠 개가.

— 그럼 그러다가 죽은 거예요?

— 그런 거죠.

— 말 한마디 잘못해서?

— 개로 사는 게 벌은 아니잖아요.

얼른 친구들에게 연락을 하고 싶어졌는데 너네 혹시 금이랑 요즘 연락한 적 있니? 좀 이상해지지 않았니? 싶다가 공원에는 멀리지만 다른 사람들도 있고 혹시라도 무슨 일이 생기면 바로 소리를 지르면 되고 크게 위험한 상황이 되지는 않겠지 생각하며 일단은 가만히 있었다. 나는 또 다른 생각을 했는데 금이 왜인지 이러다 나에게 뭔가를 제안하는 게 아닐까. 이상한 이야기에 대한 반응을 보고 뭔가를 하자고 하는 게 아닐까 그러니까 사업을 하자고. 투자를 하라고. 괜찮은 프로젝트라고. 금이 개가 되었다고 해도 걱정이고 사업을 하자고 해도 걱정이고 어느 쪽이든 이 사람 지금 뭔가 좀 안되겠다 싶다가 왠지 마음이 기우는 쪽은 개가 된 금이라는 생각도 들었다. 누구를 한 명 골라야 한다고 하면 개 쪽. 암튼 그거 하자고 하면 같이 해야 할까 돈이 조금 되고 이상한 일일 것 같다고 생각하다가 고작 일 년 만에 만난 것인데도 이야기가 이어지지 않고 역시 친구들은 자주 만나야 하는구나 하는 생각을 했다. 아무리 가까운 친구였어도 물론 금이 그 정도로 가깝지도 않았지만 일이 년 만에 만나니 무언가 대화가 튕겨져 나가고 있었다. 이제 누가 오랜만에 보자고 해도 뭐 일 년 정도가 그렇게 오랜만은 아니지만 내키지 않으면 나가지 말아야겠어 다짐했다.

— 그런데 개가 금이 되었든 누가 뭐가 되었든 암튼 그게 그 부모님이나 가족이나 자신에게는 중요하지만 저는 사실 뭐냐 이야기대로 하자면. 뭐가 된 이후로 그러니까 변한 이후로 만난 거잖아요. 아마 다른 사람들 친구들도 다 그렇겠죠? 그러니까 너가 원래는 개였다고 한들 나는 바뀌진 이후로 만난 거잖아. 안 그래?

— 그래서 말인데 94년의 노디는 그러니까 노디가 된 금은 이후로 십삼 년을 더 살고 꽤 장수했지요. 죽었는데요. 개가 되고 싶다고 말을 하면 다시 개가 돼야 해요. 저는 다시 개가 되고 싶지 않았기 때문에 그런 말을 하지 않았거든요.

오른쪽에 조용히 앉아 있던 밝은 금색의 개는 내 무릎 위로 올라와 엎드렸다.

— 아까 이야기에서 노디가 죽고 금이 그렇게 죽었다고 저는 이해했어요.

— 저도 그런 줄 알았는데.

내 무릎에 고개를 묻은 개가 금과 흡사하지만 허스키한 목소리로 이야기하기 시작했다.

— 그러지 않았고 저는 다시 개가 되어 살고 있습니다. 제가 다시 사람이 되려면 노디가 개가 되고 싶다고 말해야 하는데요. 그런데 일 년 전 당신과 만나서 이야기를 할 때 개가 되고 싶다고 말을 한 거예요.

개가 되는 것도 괜찮지 않을까 잠깐 그런 생각이 들었는데 사람들을 믿을 수는 없지만 일 년 정도만 꼭 약속을 하고 방법은 알 수 없지만 잠깐 개가 되는 것도 괜찮지 않을까. 그런 생각을 하게 된 것은 이 개가 잘 정리된 털에 고소한 냄새가 나고 발톱도 깨끗했기 때문이었다. 하지만 이 말을 입 밖에 내어선 안 되었다. 그냥 개 앞에서는 그런 말을 하면 안 되는 것 같다고 방금 들은 이야기 때문만이 아니라 그냥 안 좋은 것 같다는 생각이 들었다.

이런 이상한 이야기는 일단 의심하게 되지만 그렇지만 이 이야기에는 뭔가 교훈이 있다. 그것은 내가 평소에 가지고 있던 믿음과 같았다. 입 밖에 내뱉은 말에는 아무튼 간에 뭔가 힘이 있긴 있다는 것이다. 그 말은 항상은 아니겠지만 어떤 순간에 힘을 발휘하게 된다는 것이다. 개의 눈을 바라보고 아이의 눈을 바라보고 상대의 눈을 바라보고 무언가를 말하는 것은 거기서 뭔가가 변해버릴지 모른다는 것을 각오하는 일일지도 몰랐다.

그해 나는 이사를 가면서 친했던 교회 친구에게 이니셜이 새겨진 반지를 편지와 함께 부쳤다. 그 친구와는 이제 연락을 하지 않고 어떻게 지내는지도 모르지만 어쩌면 회사를 다니고 있겠지? 아니면 공부를 하거나 결혼을 해서 아이가 있을 수도 있을 것이고 아무것도 안 하고 있을 수도 있다. 개가 말을 하는 것에는 조금 놀라기는 했지만 나중에 친구들을 만나 금 이야기가 나오면 어떻게 대처를 해야 할까. 이야기는 이야기대로 이상하고 94년을 되짚어보는 것은 그 나름의 길을 가고 있었고 그 와중에 나는 조금 피곤하고 귀찮아져서 애초에 개인지 누군지 알 수 없지만 공원으로 나오자고 한 것에 슬슬 짜증이 나기 시작했다.

— 그래서 이어서 계속 말을 하자면, 그러니까 내가 개가 되고 싶다고 말을 했기 때문에 여전히 개의 몸에 살고 있는 금과 내가 서로 바꿔야 하는데 나는 아무래도 개가 되고 싶다는 말을 한 기억이 없단 말이야.

— 기억이 없는 거야 아니면 기억하고 싶지 않은 거야?

— 저기 그렇게 쉽게 말할 수도 있겠지만.

— 그래서 나한테 물어보러 온 거야? 내가 들었다고 하면 개가 되는 거고 안 들었다고 하면 안 되는 거야?

— 아니 개가 되고 싶다고 말을 한 것은 분명해. 나는

금으로 오랫동안 살아온 노디가 그때 너와 함께 있었을 때 개가 되고 싶다고 말한 것을 분명히 차근차근 알려주려고 하는 거야. 그리고 금은 그때 개로 돌아가도 상관없는 거야. 충분히 이해한 후에 말야.

이제 개도 말을 길게 했다. 금은 지난번보다는 덜 피곤해 보였지만 여전히 피곤한 표정에 지루한 얼굴이었다. 그 안에 들어 있는 것이 개라고 해도 나는 개가 안에 들어 있는 금밖에 알지를 못하니 어쩔 수 없었다.

— 내 생각엔 말야 일단 나는 집에 가서 그날 일을 천천히 생각해볼게. 그런데 내가 궁금한 건 아니 그럼 94년에 어떤 일이 일어났었는지 그건 둘 다 정확히 기억하고 있어? 그때 아무 일도 일어나지 않았을 수도 있잖아. 나는 나대로 뭐 그때 만났던 걸 기억해볼 수는 있겠지. 근데 내 생각엔 94년도에 아무 일도 안 일어났을 수도 있을 것 같아.

— 개가 말하는 건 어떻게 생각해?

— 개가 말하는 것 같지 않고 너가 목소리를 바꾸는 거 같은데?

나는 개를 들어올려 바닥에 내려놓고 일어섰다. 그러고 보니 금에게는 장난칠 때 빼고는 늘 존댓말을 썼는데 우리는 서로 존대하는 사이였는데 나는 그냥 어디선가 다른 선으로 다른 선이 가리키는 방향으로 가고 있다는 생각이 들었다. 그런 생각은 보통 착각이겠지? 나는 변하는 것이 별로 없고 우리는 그저 오랜만에 만난 것뿐이고 금은 우울한 것 같았다. 우울하고 우울해서 이런 이야기를 하는 것 같았다. 다시 연락할게요, 웃으며 말하고 손을 흔들고 나왔다. 금은 아무 말 없이 개와 함께 벤치에 앉아 있었다. 뒤를 돌아보았을 때 금의 굽은 등 옆으로 똑바로 앉은 개가 보였고 개가 더 자세가 바르네라는 생각이 들자 금이 더욱 우울해 보이기만 했다. 친구들에게 연락을 해볼까 싶다가 이 감정 이런 시간을 어떻게 다뤄야 할까 아직 그걸 모르겠다. 웃으며 재미있는 이야기를 하듯이 나라면 그렇게 이야기해버릴 가능성이 가장 높지만 그러고 나면 집에 돌아오는 길에 후회가 밀려들 것이다. 진지하게 상담을 하듯이 말을 하려 해도 이 이야기를 그렇게 받아들여줄 사람은 없을 것이다. 어쩔 수 없고 일기를 써야겠다고 생각했고 이전 일기를 어쩌면 그날의 일기가 있을지도 모르니 찾아봐야겠다고 생각했다. 그날은 집으로 돌아가 씻지도 않고 잠이 들었다. 새벽이 돼서 잠시 잠에서 깼지만 곧 다시 잠들었다.

94년 어느 하루 금은 마당에서 개와 놀다가 개는 담요를 끌고 개집으로 들어가 잠을 자고 금은 만화를 보러 집으로 돌아간다. 금은 손을 씻고 밥을 먹으며 텔레비전을 틀어 만화를 보고 오늘은 뭔가 다른 것 같아 그런 생각을 했다. 94년의 어느 하루를 6월 28일을 자세히 기억해낼 수 있을까. 금은 오늘 골목에서 키가 크고 파마머리를 한 까무잡잡한 얼굴의 여자를 만났다. 여자는 금의 얼굴을 바라보며 이십오 년 후 누군가 너를 찾아와 94년 오늘 너는 무엇을 했는지 물으러 온다구 너는 그때 대답할 수 있을까? 어때? 금은 눈을 깜박이고. 암튼 꼭 온다구 그러니까 잘 생각해봐. 오늘 뭐 했는지 말야. 그 여자는 장난치는 듯한 눈을 하고 있었다. 팔찌을 끼고 있었는데 손목에 무슨 주머니 같은 것을 걸고 있었고 작은 가죽 핸드백을 어깨에 메고 있었다. 눈 아래에 작고 까만 점이 있었다. 그 질문 때문일까 오늘이 뭔가 다르다고 생각하는 이유는 저녁을 먹어 졸린 금은 그런 생각을 하다가 잠이 들었다.

여자는 골목을 지나 마치 살고 있는 집으로 들어가는 것처럼 익숙하게 갈색 삼층 건물 안으로 들어갔다. 주머니 안에는 방금 사 온 이것저것들 빵과 커피와 작은 칼과 부채가 있었다. 주머니를 소파에 내려놓고 핸드백을 몸 가운데로 하고 소파에 털썩 앉았다. 암튼 그 애는 뭔가 잘 기억을 못할 것 같아. 내 이야기를 듣는 눈이 멍하고 아무 생각이 없어 보였어. 걱정이네 중얼거리다가 사온 빵을 먹으며 텔레비전을 켰다.

94년도에 이사를 간 것이 내게 어떤 영향을 미친 것일까 오랜만에 생각해보았다. 이사를 간 이후로 몇 년간 나는 줄곧 그 생각만을 했다. 이사를 가지 않고 그곳에서 계속 사는 사람들은 얼마나 좋을까, 행복할까 지금이라면 꼭 그렇게 생각하지 않겠지만 그때는 그 생각만을 하고 또 했다. 그립다는 생각 돌아가고 싶다는 생각 하나하나 다 기억하고 싶다는 생각. 글쎄 지금이라도 원치 않게 아니 원해서 외국으로 먼 곳으로 기약 없이 간다면 그리움에 그런 생각을 할지도 모르겠다. 캐나다에 있을 때는 곧 돌아간다는 생각 때문인지 그런 생각을 거의 하지 않았지만. 그런 식으로 94년의 일을 천천히 떠올려보았다. 그때 풀이 난 언덕을 헤치고 교회에 갔던 것이 떠올랐다. 아버지가 양복을 입고 있었다. 자주 가던 교회를 그때는 왜 험한 길로 갔던 걸까. 예배가 끝나고 돌아가던 길에 붉은색 타일이 깔린 길로 희미해지기 시작한 그림자가 드리워지고 있었다. 멀리 보이는 갈색 건물에 왠지 그리운 느낌을 받았고 누군가 살고 있겠지 그 사람은 뭔가 어른스러운 사람일 것 같다는 생각을 했다.

도시적인 아파트 상가와 우리 집은 아니었던 것 같은데 어디였는지 갈색 가죽 소파에 앉아 텔레비전을 보았다. 머리를 올린 미녀는 부자인 남자에게 약점을 잡혀 끌려간다. 여자는 흑발에 진한 화장을 하고 있었다. 어린 나는 그런 내용의 드라마를 누구와 함께 보았을까. 94년 가을 나는 이사를 갔는데 그해 여름이 무더웠고 선명했으며 이사를 간 후 겨울이 유난히 추웠기 때문에 이사 전후가 머릿속에서 컬러와 흑백처럼 선명하게 대비가 되어 남아 있다. 그런데 금에게는 개 한 마리가 찾아와 당신은 방금 말을 했기 때문에 중요한 말 그렇게 하기로 정해진 말을 했기 때문에 개가 되어야 한다고 말하고 있는 것일까. 금에게는 집으로 돌아가 그날 나눈 말들을 천천히 차분히 생각해보겠다고 했으나 나는 94년의 일만을 천천히 생각해보고 있었다. 여름의 골목만을 어딘가로 헤매는 마음으로 걷고 있는 사람의 시선으로 따라가보고 있었다. 수첩은 펴보지도 않았다.

"개가 되고 싶어."

어디까지 사실이고 어떤 상황 같은 것은 잘 모르겠고 어느 때고 진지하게 생각할 마음은 안 먹어질 것이다. 다만 그 말이 94년의 벽에 박혀 액자처럼 걸려 있을지도 모른다는 생각은 들었다. 어딘가 금의 집은 아닌 어딘가에 마련된 작은 벽에 걸리기로 정해진 액자가 걸려 있을 것 같다는 생각. 94년에 나는 어른이 되면 할 일에 대한 생각과 도시가 만들어내는 것들과 선명한 여름 안에 있었는데 그때 내가 한 말은 어느 순간 다시 나에게로 돌아올지 모른다. 나의 말도 어떤 벽에 액자로 걸려 오랫동안 오후의 햇살 아래 있을지 모르는 것이다.

그런데 그 말을 찾아와 하는 사람은 어린 내가 아니라 94년의 지금의 내 또래일 것 같았다. 오래오래 생각하던 어른의 모습인 내가 나타나 액자에 걸려 있던 말을 예기치 않은 순간에 내뱉는 것이 아닐까. 94년의 회사원인 나는 지금의 나와는 다르게 주로 정장을 입고 높은 구두를 신고 다니며 일요일 아무것도 하지 않고 침대에서 라디오를 듣다가 잠깐 나가볼까 생각하며 간단히 화장을 하고 자주 가던 식당에서 국수를 먹고 왠지 평소에 안 가던 어느 골목엔가 들어섰을 때.

개가 된 금과 금이 된 개가 서로를 바꾼다면 나는 그 둘의 차이를 알아차릴 수 있을까. 없겠지. 다시 일 년 전의 이야기를 금은 나를 만나 대체 무슨 이야기를 했던가를 떠올려보려 수첩을 넘겨보았다. 수첩에는 이렇게 쓰여 있었다.

2017. 4. 13.
"사는 게 너무 피곤하고 귀찮고 아무것도 하기 싫어요."

금을 만났다. 금이 저 말을 쉬지 않고 이어서 말했

다. 지쳐 있었고 하지만 요즘은 누구를 만나도 보통은 그렇다.

개가 되고 싶다는 말을 했다는 이야기는 없었다. 하지만 할 법한 이야기이고 해도 이상하지 않은 이야기이기는 했다. 금은 개를 정말 좋아했고 개를 키우지 못해 조금 우울해했다. 아니 개를 키우지 못해 우울해했다기보다 금의 우울함은 개를 키움으로써 조금 해소될 수 있을 것 같았달까.

"저 그냥 개가 되고 싶어요."

그렇게 말하는 금의 목소리가 들리는 것 같았다. 하지만 그 이야기는 뭐랄까 스페인에 가고 싶어요 바르셀로나의 택시 기사가 되고 싶어요 거기서는 택시를 딱시라고 해요처럼 너무나 한번쯤 했을 법한 이야기라 오히려 정말로 했는지 물어보면 확신을 하기가 힘든 것이다. 나는 차분히 그날의 대화가 아닌 다른 것들 날씨나 장소 같은 것을 떠올려보려 했다. 날씨는 비는 오지 않았고 왜냐면 우리가 앉아 있는 장면에 우산이 없었으니까. 약간 쌀쌀했고 바람이 불었던 것 같다. 안에 니트를 입고 겉옷을 입었으니까 4월이어도 따뜻한 날은 아니었던 것이다. 우리는 베트남 쌀국수를 먹고 근처 카페로 가서 커피를 마셨다. 둘 다 따뜻한 커피를 마셨고 뭔가 우울하고 지친 표정이었고 하와이에 가고 싶다는 이야기를 했다. 수첩에 쓰여 있진 않았지만 그건 기억이 난다. 그리고?

개.

금은 개가 그려진 옷을 입고 있었다. 그것과 상관이 있나. 누군가 우리를 찍고 있었다면 그것은 사인이 되어 그러니까 그 말을 했다는 "개가 되고 싶어" 그 말을 했다는 사인이 되어 금의 가슴으로 줌이 당겨지고 "개가 되고 싶어" 그 말이 들리는 것일까. 짙은 네이비의 맨투맨 티셔츠의 가운데에 그려진 개. 불독이었나, 아냐 아냐 그것보다는 좀더 평범한 개였는데. 차분히 생각하고 천천히 금의 가슴으로 확대를 해봐. 그래 야구모자를 쓴 개였고 갈색 개였다. 그때 금은 겉옷을 벗고 있었어 아니면 입고 있었어? 보통은 실내니까 벗고 있었을 것 같은데 그때는 어땠으려나 벗고 있었겠지? 그 장면을 천천히 느리게 지나가게 해봐 자세히 보게. 커피가 담긴 잔은 흰색의 낮고 둥근 잔이었고 받침이 테이블 위에 있고 음 그런데 아무리 그 장면을 잘게 잘라보려고 해도 천천히 확대시켜보려 해도 되지가 않았다. 자 잘 봐 금을 확대시키는 것이 아니라 당신이 아주 작아지는 거야 아주 작아져서 금이 방금 내려놓은 커피잔의 손잡이 안으로 숨는 거야. 손잡이. 그러니까 손가락을 넣는 쪽으로 숨어보았는데요 너무 미끄럽고 손잡이에 매달리는 건 너무 팔이 아파요. 그럼 손잡이에 걸터앉아 금을 올려다봐. 그럼 보이지가 않는걸요. 나는 손잡이에서 내려와 테이블을 빠르게 지나가 내 컵받침 위에 앉았다. 금은 커다랗고 붉은 얼굴의 아무튼 커다랗고 머리가 짧은 사람이었다. 내 눈앞으로는 커다란 개큰 원 안의 커다란 개가 나를 보고 있었다. 금이 하는 말은 너무 커서 처음에 나는 귀를 막아야 했다. 입 모양으로는 하고 있는 말을 제대로 알아차릴 수 없었다. 금은 웃다가 고개를 숙이다가 그리고 말했다.

침대 위에서 눈을 깜박이다가 못 참고 결국 금에게 전화를 걸었다. 금은 평소처럼 전화를 받더니 이상한 상황에 처하게 만들어서 미안하다고 말했다. 친구 개를 며칠 맡게 돼서 산책을 시키는데 왠지 그날따라 그런 말이 술술 나왔다고 했다. 아주 작아진 나는 다시 금의 소매에 매달려 금의 얼굴을 확인했는데 금은 평소와 같은 금이었지만……

94년의 여름 아주 더운 어느 날 금은 식탁 다리에 기대 텔레비전을 보고 있었고 작아진 나는 맞은편 식탁 다리에 숨어 어른이 된 금을 보고 와서인지 확실히 작아 보이는 금을 보며 오후 다섯시 사십분 아직 개가 되고 싶다는 말을 하지 않은 거야? 왜인지 일요일 오전에 하는 디즈니 명작 만화가 거실에는 흐르고 있고 도날드 덕은 커다랗고 하얗지만 텔레비전이 작아서 그럭저럭 노력하면 움직임을 파악할 수 있었고 소리는 여전히 커서 귀를 막고 있었다. 다섯시 사십오분 집에도 마당에도 개가 없고 금은 아직 아무 말도 하지 않은 걸까? 바닥은 조금 끈적였고 마치 나는 끈끈이가 붙은 파리처럼 어렵게 바닥에서 몸을 떼어내 금의 몸을 올라타 그러고 보면 이런 만화를 볼 나이는 아닌데 그냥 심심해서 보고 있나 금은 그대로 바닥에 엎드려 잠이 들었다. 사람이 개가 된다면 개의 시간은 훨씬 빠르게 지나가니 우리는 일찍 죽음을 맞이할 수밖에 없어요. 하지만 개를 반복해서 살고 있다고 다른 개로 옮겨가며 살고 있다고 며칠 전 금은 말했었다. 잠을 자는 금이 뭐라고 속삭일 것 같아 금의 목에 기댔지만 금은 모기를 쫓는 것처럼 손을 휘젓다 다시 잠이 들었다.

"그러니까 그런 말은 하지 않았네요."

"뭐가요?"

"개가 되고 싶다는 말 하지 않았다고요."

"뭐 그렇죠."

금은 웃으며 개가 아니에요 개가 아니라구요 사람이에요 쭉 사람이었습니다. 말했다. 믿어주세요. 94년의 여름 교실 창가에 앉아 있었을 때 담임 선생님의 이름은 최명환 반 아이들이 지저분하게 하고 다닌다고 혼을 내고 있었고 이미영을 앞으로 불러내어 칭찬을 했다. 갈색의 짧은 단발머리에 머리띠를 하고 다니던 이미영은 차림새가 깔끔하다고 머리를 이렇게 하고 다니라고 칭찬받았다. 나는 운동장에서 누군가 던진 야구공이 포물선을 그리면서 멀리 나아가는 것을 천천히 보았고 맞은편 건물에선 작업복 차림의 아저씨들이 담배를 피우고 있었다. 아주 가늘고 작은 그래서 눈에 보일 리 없는 피에로 복장의 사마귀 크기의 무언가가 맞은편 건물에서 곡예를 넘고 있었다. 나는 그 피에로의 움직임을 크게 확대해보려고 했으나 눈이 부셔 잘되지 않았다. 옆자리에 앉은 반장은 연습장에 노래 가사를 베껴 적고 있었고 무릎을 안은 채로 높이 원을 그리며 돌고 있는 피에로는 어느새 내 옆 창가로 와 속삭였다. 이것 봐. 이걸 기억해. 1994년 6월 28일의 하루 이걸 기억해. 텅 빈 공원 개와 함께 나란히 앉아 있던 금은 나를 보자마자 이렇게 물었다. 94년에 어떤 일이 있었는지 기억나세요?

개가 되고 싶다고 한 사람은 결국 누구였을까. 누구의 말이 어딘가로 떠밀려 다시 찾아온 것일까. 정말로 금이었을까. 다시 찾아온 것. 걸려 있던 액자가 움직이고 말을 듣고 있는 사람 입이 움직이는 모양을 천천히 모두 다 기억하는 이들. 고개를 돌렸을 때 피에로는 사라지고 커다란 햇볕에 잘 말린 커다란 흰 천이 멀리서 햇빛과 바람 속에서 흔들리고 있었는데 맡아본 세제의 냄새가 나를 찾아오고 그 뒤에는 누군가 서 있다.

검은 강에 둥실

정기현

여름방학이 시작되자마자 새미는 할머니 집에서 지내게 되었다. 할아버지는 몇 주 전 갑작스러운 오토바이 사고로 죽고 없었다. 지프차와 충돌해 몸이 붕 떠오른 할아버지는 머리부터 빠르게 추락했고 아픔은 느낄 새도 없이 곧바로 죽음을 맞았다. 엄마 아빠는 할머니가 갑자기 혼자 지내게 되어 외로우실 테니 새미가 곁에 머무르며 쓸쓸함을 달래주는 것이 좋을 거 같다고 했다. 새미는 으응…… 짐을 쌌다. 새미는 어른들이 하라고 하는 것은 대체로 그저 하는 편이었다. 새미의 부모는 새미의 조용하고 순종적인 성격을 우려해 담임선생님을 찾아가 면담을 하기도 했으나 지금처럼 새미가,

새미만이 맡아줄 일이 있을 때에는 새미의 성격을 이용하기도 했다.

"새미 네가 할머니 옆에 좀 있어드려. 할머니 안 외로우시게."

"으응……"

차로 두 시간 거리의 할머니 집. 뒷좌석에서 내내 새미는 할머니를 대체 어떻게 달래줘야 한다는 것인지 전에 없는 책임감에 시달려야 했다.

엄마 아빠는 점심 먹자마자 다시 차에 올랐고 첫날 밤 새미는 잠들기도 전에 할머니는 달래줄 필요가 없는 사람이라는 것을 알았다. 할머니는 슬퍼할 시간도 없어 보였다. 아침에 일어나면 이층 거실 통창 앞 창가에 떠놓은 물그릇 일곱 개를 닦고 다시 새 물을 채워둔다. 아침 뚝딱 만들어 먹은 뒤에는 할아버지 살아 있을 적에 쌀가게를 했던, 새미가 두툼한 녹두전처럼 쌓여 있는 쌀 포대를 뛰어넘으며 시간을 보내던 일층 뒷마당 텃밭 관리. 물을 주고 다 익은 작물들을 수확하고 동네 고양이들이 배설물 묻으려고 밭 곳곳 파둔 구덩이들을 덮으며 고양이 독살 다짐하는 혼잣말을 내뱉는다. 일층과 이층을 잇는 야외 계단 층층이 놓인 화분들을 돌보고는 점심 먹고 선산행. 집 뒤편에는 조상들 4대가 묻혀 있는 야트막한 선산이 있다. 한여름 빼곡해진 나무들에 가려져 아래서 올려다보면 무덤들이 어드메 있는지 잘 가늠되지 않았다. 할아버지도 역시 그 산에 묻혔고 할아버지 무덤 옆에는 할머니 예비 묫자리가 봉긋 솟아 있었다.

선산까지 가기 위해서는 뒷집 보리밭을 지나야 했는데 보리밭에는 새미 키보다 큰 고철 울타리에 ※위험 고압 주의※ 팻말이 붙어 있었다. 보리밭 바로 옆 자동차 주차된 곳을 지날 때에는 울타리와 차 사이를 아슬아슬 지나야 했고 할머니는 때때로 아이구! 기우뚱하며 고압선을 맨손으로 짚고 말 때도 있었다. 새미가 할머니 괜찮아? 물으면 어어, 하고 손을 털었지만 저 고압선 가짜지? 물으면 진짜라면 진짜라고 믿어야지 토를 달아서는 안 된다고 말했다. 할머니는 걸음이 위태로울 때마다 진짜라고 믿는 고압선 울타리에 마음놓고 의지했다. 손을 턱턱 짚어가면서. 선산에 가서는 할아버지 무덤, 할아버지의 부모, 그 부모의 부모의 부모 묘까지 살피고 내려와서는 저녁 식사 후 오전에 떠둔 물그릇마다 중얼중얼 기도를 올리고 텔레비전 보다가 아홉시면 창문과 현관문을 모두 걸어잠근 뒤 잠에 든다. 꽉 찬 일과에 새미가 위로를 전할 틈은 없었다. 새미도 할머니를 졸졸 따라다니며 마찬가지로 꽉 찬 하루를 보낼 뿐이었다.

새미도 곧 할머니가 보내는 일과의 질서, 선산 무덤을 들르는 순서나 각각의 물그릇마다 올리는 기도의 종류 같은 것에 익숙해졌다. 할머니가 부엌으로 물그릇 다섯 개를 옮기는 동안 새미도 두 개 정도는 옮기는 것을 도울 수 있었고 선산에서는 할머니보다 앞장설 수도 있게 되었다.

선산은 크게 세 구역으로 나뉘었다. 둘은 선산 꼭대기로 올라가 가장 오래된 무덤을 살피고 또 그 대각선 아래쪽으로 두번째 오래된 무덤을 살피러 갔다. 큰할아버지 큰할머니와 할아버지는 같은 구역에 묻혀 있었다. 높이로 따진다면 선산의 중간쯤이었고 들르는 순서로는 마지막이었다. 지난여름 태풍에 둥치째 무너진 나무를 치우지 않아 할아버지에게 가기 위해서는 나무 터널 같은 구간을 지나야 했다. 새미는 쓰러진 나무 아래 좁은 공간을 통과하는 것이 좋아 선산에 가면 그 구간만 기다렸다. 두번째 조상님 무덤까지는 딴생각만 했다.

할머니가 큰할아버지 부부 무덤에 돋아난 잡초를 뽑고 있을 때 새미는 생긴 지 얼마 되지 않은 할아버지 무덤을 내려다보았다.

'새 무덤인 티가 너무 난다…… 잔디도 그렇고 비석도 어딘가 어색해……'

할아버지 무덤에는 계속 바라보게 하는 무언가가 있었다. 그렇게 바라보다 새미는 수상한 무언가를 실제로 발견하기도 했다.

"할아버지 무덤 이상한데."

"뭐가!"

"무덤에 구멍이 났잖아."

"에구머니!"

무덤 뒤쪽에 커다란 구멍이 나 있었다. 구멍이 깊이 패어 잔디가 다 떨어져나간 것은 물론이고 거의 관짝이 보일 것만 같았다. 할머니는 허둥지둥 거의 눈물을 흩뿌리며 집으로 달려갔다. 그날 저녁 아빠 엄마, 작은아빠 작은엄마가 할머니 집으로 모두 급히 모여 할아버지 무덤이 파헤쳐진 연유와 그 해결 방법에 대해 긴 시간 동안 이야기를 나누었다. 할머니는 내가 칠십 평생 원한 살 짓을 한 적이 없는데 누가 이런 짓을 하겠느냐고 말하다가 또 한번 울어버렸다. 사람이 한 짓은 절대 아니니까 어머니 너무 상심하지 말라고 아빠가 위로를 건넸다. 네 사람은 아무래도 선산에 사는 멧돼지들의 소행인 것 같다고 했다. 할아버지가 묻힌 지 얼마 안 되어서 냄새가, 그러니까 시체 썩는 냄새가 나서 산짐승들이 무덤을 파본 것 같다고. 처음에 아빠는 냄새라고 말하기도 조심스러운 듯 보였는데 몇 번 그렇게 그런 것 있잖아요, 아버지가 그렇게 된 지 얼마 안 됐으니까 산짐승들 그 기막힌 후각으로는 또…… 아무것도 특정하지 않는 말로 애를 먹은 뒤에는 에잇 그냥 시체 썩는 냄새라고까지 자연스럽게 말할 수가 있었다. 다음날 네 사람은 할아버지 무덤 둘레에 나무 울타리를 세우고 비닐로 무덤을 꽁꽁 덮어두고는 점심 지나 각자의 집으로 돌아갔다.

*

새미는 다시 할머니 곁에 남았다. 있던 대로 있었던 것이지만 무덤 사건을 겪고 나니 꼭 새로운 임무를 안고 다시 돌아온 것 같았다. 네 사람이 돌아간 뒤 할머니는 몸져눕거나 하지는 않았고 역시 그날의 남은 일과로 돌아갔다.

다음날 새미가 아침에 일어나 물그릇 채우기를 도우려고 보니 그릇이 네 개밖에 없었다. 네 개쯤은 할머니가 번개처럼 옮기고 씻고 채울 수 있었기 때문에 새미는 빈손으로 창가 물그릇들이 남은 물을 찰랑거리며 주방으로 옮겨지는 것을 바라보았다.

"왜 그릇이 이것밖에 없어?"

"네 할아버지한테 이것저것 말하려고 몇 개 더 놔뒀던 건데 그 양반 내 말 들어줄 정신이나 있겠어. 그렇게 무덤이 어 그렇게 됐는데."

닦을 것도 없는 물그릇을 벅벅 문지르는 할머니의 뒷모습 바라보며 새미는 마음이 무거워졌다. 개수가 줄어든 대신 할머니는 훨씬 긴 기도를 올렸다. 평소보다 높아진 목소리 탓에 새미도 기도 내용을 모두 알아들을 수 있었다. 본래 그릇마다 기도 제목이 다르다고 했는데 기도 대신 하소연이 많아져 모든 그릇의 기도가 비슷해지고 있었다. 제가 얼마나 힘들게 살아왔는지 하늘만은 알 거라고 생각했는데 어제처럼 그런 변고가 있을 줄은…… 내가 저승에서만큼은 편하게 살고 싶어서 얼마나 힘들게 살았는데 영감 가는 길까지 그러는 법은 없지 않아요…… 나는 그 옆자리에 들어가 누워야 하는데 어떻게 눈을 감을 수 있을까 무섭고 불안해서 어떻게…… 할머니는 어깨 들썩이며 울기까지 했다. 흔들리는 꼬부랑 뒷모습을 보니 새미도 눈물이 나올 것 같았지만 할머니 기도를 망치면 안 될 것 같아 밖으로 나왔다.

더운 여름 바람이 불어올 때마다 뒷집 보리밭 보리들 흔들리는 소리가 들려왔다. 바람 따라 보리들이 일제히 쏴 하는 소리 내며 허리를 굽히고 다시 고요히 원래 모습을 회복했다. 보리들은 더위일랑은 모르는 것처럼 살랑거렸다. 새미의 이마에는 땀방울이 금세 송골송골 맺혔는데.

새미는 보리밭 쪽으로 걸었다. 보리밭 반대쪽 산 아래로 내려갈 수도 있었지만, 그리고 그 길도 아빠 차 타고 매번 지나던 길이라 영 모르는 것도 아니었지만 혼자 걸어본 일이 없어 새미는 할머니와 매일 걷던 보리밭 방향으로 접어들었다. 할머니와 걸을 때에는 보리밭 길 정도야 선산으로 가기 위한 통로라는 것밖에 다른 의미가 없었지만 혼자 걸으려니 그 길까지도 지나치고 마는 공간이 아니라 하나의 중요한 목적이 되어버린 것 같았다. 엄마도 아빠도 없이, 할머니도 없이, 새미는 혼자 걸었다. 짧은 시간 새미는 울고 있는 할머니마저 잊고 혼자 있다는 낯선 감각에 골몰하게 되었다. 보리밭을 거의 벗어났을 때에는 자신이 내내 보리밭 고철 울타리를 손으로 짚고 있었다는 것을 알았다. 새미는 황급히 손을 뗐다. 울타리 틈에 끼어 있던 까만 먼지가 손에 옅은 흔적을 남겼다. 새미는 주먹을 쥐었다 폈고 그렇게 몇 번 쥠쥠 한 뒤 선산까지 걸었다.

가장 오래된 무덤을 지나 위쪽으로, 다시 아래로 갔다가, 쓰러진 나무를 지나 할아버지에게로. 새미는 할아버지 무덤으로 곧장 향하는 길을 알 수가 없어 할머니와 거쳤던 순서를 차곡차곡 밟아나갔다. 주먹 꼭 쥐고 큰할아버지 무덤 구역에 접어들어 아래쪽 할아버지 무덤을 바라보았을 때, 새미는 자신이 내내 고철 울타리를 쥐고 걸었다는 걸 깨달았을 때처럼 놀라 도망치지도 못하고 그 자리에 주저앉았다. 멧돼지 한 마리가 그새 울타리도 비닐도 해치워버리고 또다시 무덤을 파헤치고 있었다. 새미가 엉덩방아 찧는 소리를 들었는지 멧돼지가 뒤를 돌아보았다.

"이런, 왜 벌써 와?"

멧돼지 목소리가 가늘고 높아 새미는 왠지 마음이 놓였다. 새미가 할말을 찾지 못하자 멧돼지가 다시 한번 물었다.

"이렇게 일찍 왜 온 거야. 점심 먹고 올 줄 알았는데……"

"뭐 하는 거예요. 울타리 또 부수면 어떡해요."

"나쁜 짓 한 거 아니야. 말하자면 긴데 이걸 다 말해줘야 하나. 어이, 다 끝났어? 어린애가 벌써 왔어. 얘한테 설명해줘야 돼 말아야 돼?"

멧돼지는 파헤친 구멍 안으로 높은 목소리를 더욱 높여 소리쳤다. 그러자 구멍 안에서 그보다 굵은 목소리가 답했다.

"뭐야, 누가 벌써 온 거야? 다 끝났는데 하필 지금."

곧 구멍 바깥으로 또 다른 멧돼지가 모습을 드러냈다. 그 멧돼지는 등에 커다란 돌을 이고 있었다. 그 두 마리는 새미에게 뭔가를 말해줄까 말까, 그것보다 급한 것은 할 일을 마치고 수습을 해두는 것이지 않겠니, 아니면 그냥 아무 말 하지 말고 갈 길 갈까, 속삭이며 한참 대화를 했다. 그때 구덩이 안에서 불쑥 할아버지가 고개를 내밀고 왜 이렇게 오래 걸리냐고 이제 바윗덩어리도 치웠으니 그냥 내려가면 되는 거냐고 멧돼지들을 향해 물었다. 할아버지는 장의사가 꼼꼼히 입혀준 수의를 곱게 차려입어 생전 작업복 차림이던 때보다 모든 게 좋아 보였다. 멧돼지들은 당황한 듯 아무 말도 하지 못하고 눈동자만 굴렸다.

새미는 "할아버지!" 부르며 구덩이로 돌진했다. 할아버지는 뛰어오는 새미를 보고 반가워하기는커녕 멧돼지들보다 더 당황한 듯 구멍 안으로 다시 몸을 숨겼다. 수의 자락이 펄럭 아래로 사라졌고 새미도 뒤따라 내려갔다. 구덩이 아래로는 긴 원형 계단이 계속되었다. 아무리 불러도 할아버지는 멈출 생각이 없는 듯 점점 더 빠르게 내려가면서 "새미 여기 오면 안 된다! 돌아가!" 소리쳤다. 목청도 살아생전보다 듣기 좋고 힘이 있어 할머니가 듣는다면 얼마나 좋아할까, 기대로 새미의 발걸음이 가벼워졌다. 뒤늦게 멧돼지들도 따라오는 듯 위쪽이 소란스러웠지만 새미는 오직 아래로 아래로 할아버지의 희디흰 옷자락만 쫓았다.

계단은 영원처럼 계속되었다. 깊어질수록 할아버지 수의 자락이 옷인지 빛의 잔상인지 헷갈릴 만큼 어두워져 새미는 이러다 영영 나가지 못하는 거 아닐까, 저승에서의 며칠이 이승에서는 몇 년이 된다는 전설처럼 바깥으로 나가게 된다 하더라도 할머니는 물론이고 엄마 아빠까지 죽고 없는 것 아닌지 걱정이 되었다. 도로 올라가고 싶었지만 생각뿐이었고 하던 대로 계속 내려가고 있었다. 얼마나 내려왔을까 밑에서 할아버지가 다시 땅을 디디고 어딘가를 향해 뛰어가는 것이 보였다.

할아버지는 왼손에는 노잣돈을 꽉 쥐고 흔들며, 오른손은 누군가를 불러 세우려는 듯 급히 휘저으며, 그렇게 양손을 펄럭이며 멈춤 없이 달렸다. 할아버지 앞으로는 너른 강이 흘렀고 막 지고 있는 해가 강을 시뻘겋게 물들이고 있었다. 지고 있는 태양을 향해 달려가는 할아버지 뒷모습, 새미는 어쩐지 눈물이 났지만 닦을 새도 없이 발길을 재촉했다. 지금 놓치면 영영 기회가 없으리라는 예감이 다른 사사로운 고민을 뒤로 미뤄주었다. 할아버지는 강가에 다다르자마자 그곳에 정박해 있는 나룻배 위의 남자에게 노잣돈을 몽땅 건네주었다.

"얼른 출발해! 얼른!"

할아버지가 남자에게 말했다.

"노는 직접 저어야 해요. 나는 동행만 합니다."

남자가 말했다. 남자는 인상이 좋지 않았다. 흰자가 눈동자 크기만큼 위아래로 노출되어 있어 눈을 마주치는 데도 용기가 필요했다. 나룻배라고는 몰아본 적 없을 할아버지가 남자와 실랑이하고 있을 때 새미도 마침내 강가에 다다랐다.

"할아버지 어디 가. 나랑 같이 다시 올라가."

노를 쥔 두 손에 힘을 주어 할아버지의 붉은 손이 희어졌다. 할아버지는 마침내 새미를 바라보고 새미가 알던 느리고 고저 없는 말투로 위로 올라갈 수 없는 이유를 설명해주었다. 물고기가 물 밖에서 오래 살 수 없는 것처럼 할아버지는 이제 물 아래 사람이 되어버려서 밖으로는 다시 나갈 수가 없다, 잠깐 나갈 수는 있어도 살아갈 수는 없다고 했다.

"나는 여기서도 이렇게 숨 잘 쉬는데요."

"여기는 완전한 물 아래라기보다는…… 물 아래로 가는 통로 같은 거야. 하지만 역시 통로에서 평생을 살 수는 없잖니. 통로는 거쳐가는 곳이지. 거쳐가는 곳은 거쳐가야 한단다."

온통 은유뿐인 할아버지 설명을 완전히 이해할 수는 없었지만 부리부리한 눈의 뱃사공이 더이상 기다려

줄 수 없다는 듯 한숨을 쉬었고 새미는 그것이 무서워 할아버지를 보내줄 수밖에 없었다. 사실 새미는 할아버지와 함께 보낸 시간이 많지 않아 어떤 말로 붙잡아야 할지도 잘 몰랐다. 작별 인사로도 적당한 말이 떠오르지 않아서 그저 "할아버지 그럼 안녕. 할머니 무릎 좀 낫게 해줘" 전하며 손을 흔들었다. 할아버지는 그래, 그려…… 하며 직접 노를 저어 강 너머로 멀어졌다. 할아버지가 젓는 나룻배는 금방이라도 뒤집힐 것처럼 크게 흔들렸는데 그럴 때마다 뱃사공이 두 발로 중심을 잡아주는 것 같았다. 도무지 할말이 떠오르지 않는 것이 속상해 새미는 강가에 앉아 오래 울었다. 차라리 눈물이 나와 다행이라는 생각이었다.

*

꽉 짜인 나날을 보내는 계획적인 사람인 것치고 할머니는 갑작스러운 방문에도 늘 이미 준비하고 있었던 것처럼 대접을 했다. 아빠 엄마는 할머니 집에 방문했다 집으로 돌아갈 때마다 차 안에서 매번 할머니가 열심을 다하는 일들 중에 원래 할머니 일이 아니었던 것이 많다는 이야기를 했다. 선산을 지키는 것도 둘째 며느리인 할머니의 일이 아니었다. 다른 많은 일들처럼 선산 돌보기 역시 할머니에게 일시적으로 맡겨졌던 순간이 있었을 것이고 할머니는 역시 준비된 것처럼 최선을 다해 그 일도 하루의 일과로 만들어버렸다. 성묘 때마다 선산으로 모여드는 친척들 식사 준비하는 것도 할머니의 일이 아니었고 선산에 묻힌 조상들 제사 모시는 것도, 명절 때마다 차례 지내는 것도 모두 둘째 며느리인 할머니의 일은 아니라고 했다. 하지만 할머니는 그 모든 일들을 자신이 마땅히 해야 할 일로 받아들였고, 계절마다 종류가 다른 할 일들이, 주로 손님을 아무 대가 없이 대접해야 하는 그런 일들이 대상만 바꾸어 반복되었다. 결국 할머니는 왼쪽 무릎 연골이 다 닳아 없어져 인공 관절을 끼워넣는 수술을 했다. 왼쪽 무릎에 가짜 관절을 삽입하고 삼 년이 지난 뒤에는 오른쪽 무릎도 운명을 다해 같은 수술을 치러야 했다.

할머니는 뒷마당 텃밭을 짓밟으며 달려온 멧돼지 두 마리들에게도 마땅한 대접을 했다. 그날 저녁 멧돼지 손님들의 방문이 예정돼 있었던 것처럼 능숙하게 상을 차렸다. 엉망이 된 텃밭 앞 상을 펴고 앉아 멧돼지들에게는 삶은 돼지고기를, 저승 앞에서 길을 헤매다 멧돼지에게 업혀 온 손녀에게는 흰죽과 간장을 내주었다. 어쩐지 밝은 기운이 남아 있는 듯한 여름밤 하늘이 텃밭의 작물들은 더욱 짙게, 상 위의 음식들은 더욱 선명하게 만들었다. 새미가 흰죽에 간장을 뿌린 심심한 음식을 입에 넣을 때마다 텃밭에 심긴 가지며 상추며 애호박이 내뿜는 숨이 함께 들어왔다. 이것들을 반찬 삼아 먹는 것도 가능하구나. 새미는 여름밤이 열어준 새로운 맛에 죽 한 그릇을 싹 비울 수도 있을 것 같았다. 멧돼지도 더이상 무섭지 않았다. 할머니는 죽과 밥과 돼지고기를 오가며 식사를 했다. 멧돼지들이 뭉갠 가지와 상추도 깨끗한 부분만 도려내 씻어 먹었다.

멧돼지들은 허겁지겁 돼지고기 몇 점 주워 먹은 뒤 그제야 텃밭을 살폈다. 텃밭이 처음부터 그 꼴은 아니었다는 것도 그때 알아차린 것 같았다. 큰 멧돼지 작은 멧돼지 둘은 서로 눈치를 살폈지만 할머니에게 죄송하다거나 그런 말은 하지 않았다. 할머니도 별달리 궁금한 것이 없었는지, 아니면 그렇게 침묵하며 말을 꺼낼 최선의 때를 살피는 게 어른들의 법칙이라서 그런 것인지 한참을 말 없는 식사가 계속되었다. 목에 건 휴대폰이 울리자 할머니가 잠깐 자리를 비웠다.

새미는 멧돼지들과 혼자 남겨진 것이 어색했다. 뭐 어떻게 된 건지 잘 모르겠지만 데려다주셔서 고맙습니다, 말하는 게 예의겠지 망설이던 찰나 할머니가 아빠에게 전화가 왔다고 휴대폰을 건넸다. 할머니는 잘 계시는지, 끼니때마다 뭘 먹는지 매일 똑같은 질문들이었고 오늘 별일 없냐는 마지막 질문 차례가 되었을 때 새미는 오늘 있었던 일 이야기를 해야 할까 또 한번 망설이다가 멧돼지 둘과 할머니를 한번 휘 둘러보고는 별일 없다고 말했다. 어어, 이제 밥 먹고 자야지. 어어. 할머니와 멧돼지 둘이 동시에 통화하는 새미를 바라보았다. 진짜 별일 없었다니까. 어어, 괜찮으셔. 아빠도 잘 자.

"기왕 저래 놓은 김에 저기서 자고 가. 선산에서 자봤자 위험한 것들이 드글드글해 선잠밖에는 못 자지."

멧돼지들은 삶은 돼지고기와 쌈채소, 새미가 남긴 흰죽까지 다 먹어치우고는 막걸리도 세 병을 비웠다. 할머니가 매일 아침 고르고 고른 텃밭 흙은 선산의 마른 흙과는 비교할 수 없을 만큼 폭신했고 멧돼지들은 훌륭한 잠자리에 대한 유혹을 뿌리치지 못했다. 뿌리칠 이유도 없었다. 다만 냉큼 고맙다고 하기에는 머쓱했는지

우물쭈물 텃밭 쪽으로 걸음을 옮겼다. 상을 치우면서 할머니는 멧돼지들 쪽은 바라보지도 않고 한마디 덧붙였다.

“내일 아침에 산으로 돌아갈 때 나도 같이 가. 거기 땅 한번 미리 밟아봐야지.”

할머니는 멧돼지들 대답은 듣지도 않고 그릇들을 추려 계단을 올랐다. 새미도 꾸벅 둘에게 인사하고 이층 침실로 올라가 잘 준비를 했다. 할머니와 나란히 누워 산속 무거운 고요를 뚫는 벌레 울음소리며 바람 소리며 소음들을 헤아리다보니 일층에서 뚝 딱 우그적우그적 시끄러운 소리가 들려왔다. 멧돼지들이 그럼 그렇지 텃밭 야채들 죄다 먹어치우려나봐, 할머니 일어나! 깨우려는데 할머니는 새미의 가슴을 지그시 누르며 받고 싶은 게 있으면 그 마땅한 값을 치러야 한다고 말했다. 할머니는 아무도 원하지 않는 일들을 모두 떠맡아 하는 바보가 아니라 누구보다 뛰어난 어른 같았다. 이게 어른들의 대화구나, 원하는 것을 분명히 말하지 않아도 서로 넌지시 통하는 대화법이다, 값을 치르고 그 대가를 받고. 새미는 왠지 풀이 죽어 가슴팍에 놓인 할머니 손을 치우고 옆으로 돌아누웠다.

*

아침 메뉴는 미역국. 미역이 푹 익지 않아 씹을 때마다 우그럭 소리가 났다. 아침 먹는 와중에도 부엌에서는 사골 끓이는 커다란 솥에 미역국이 잔뜩 끓고 있었다. 새미가 그쪽을 바라보자 할머니는 미역은 끓일수록 연해지니까 내일이 되면, 또 모레가 되면 더 맛있는 미역국을 먹을 수 있다는 생각으로 오늘의 뻣뻣한 미역을 먹으면 된다고 말했다. 또 색다른 맛이 있기도 있어, 말하며 새미 밥그릇에 멸치볶음을 올려주었다.

저 솥에 있는 미역국을 다 먹을 때까지 미역국만 먹어야 하는 걸까, 하지만 새미가 그것보다 궁금했던 것은 멧돼지 두 마리의 행방이었다. 다시 산으로 돌아간 걸까? 일어나자마자 내다본 창밖 텃밭에는 아무도 없었다. 많은 작물들도 멧돼지들과 함께 사라져버렸다.

"벌써 다 간 거야?"

"그랬지 뭐……"

할머니는 대답을 얼버무렸다. 표정도 이상했다. 멧돼지들 생각하면 갑자기 죽은 할아버지 생각나서 그렇겠지, 새미는 할머니가 울지 않는 것만도 대단하다고 생각했다. 어젯밤 할머니도 밖에서 멧돼지들이 야채 뜯어먹는 소리를 들으면서 오래오래, 분명 새미보다 한참 더 오래 잠들지 못했다는 것을 새미는 알고 있었다. 멧돼지 가는 길을 할머니가 배웅해준 건지, 멧돼지들 따라 무덤 아래까지 내려갔다 온 건지가 궁금했지만 묵묵히 미역을 씹으며 다른 말이 없는 할머니에게 재차 묻기란 어쩐지 어려웠다.

일주일 동안 끼니마다 식탁에는 미역국이 올라왔다. 첫날 하루종일 끓인 미역은 둘째 날부터 그 형체를 잃어 국물과 거의 하나가 된, 미역죽의 형상이었다. 이가 없는 사람도 훌훌 먹을 수 있을 만큼 부드러웠다. 아니 형체가 없는 것을 보고 부드럽다고 하지는 않으니 입에 넣기 전부터 미역이 사라진 기분이었다. 미역은 할머니 말처럼 서서히 연해진 것이 아니라 국에서 죽으로 바로 변해버렸다. 첫날의 미역국은 국이었고 둘째 날 죽이 된 이후에는 쭉 죽이었다. 옆에서 대상을 쉼 없이 바라볼 자신이 없다면 변화는 언제나 갑작스럽다.

언젠가부터 할머니는 평소보다 일찍 잠들었다. 여느 날처럼 할머니를 따라 잠자리에 든 새미는 정체 모를 허전함을 느꼈다. 이곳에서의 일과란 늘 어딘가 허전했으니 그런 느낌일 뿐일까 떠올리다가 그 남자는 어떻게 됐지, 평생 일용직 전전하며 살았던 그 남자, 부자 아버지가 그 남자가 자신의 진짜 아들이라는 것을 알게 되면서 끝났는데…… 할머니가 매일 저녁 챙겨 보던 일일연속극을 보지 않고 누운 탓에 허전했던 것이었다. 새미가 허전함의 근원을 눈치챘을 때 할머니는 이미 코를 골고 있었다.

할머니는 선산에도 더이상 가지 않았다. 물그릇에 기도드리던 것도 관두고 텃밭도 제대로 돌보지 않았다. 그 시간에 할머니는 수십 개의 통장을 번갈아 들여다보았고 아끼는 옷들을 하루에 몇 벌씩 정성스레 돌보았다. 어디선가 스팀 뿜어대는 커다란 기계를 빌려와 옷에 뿌린 뒤 다리미로 구석구석 다리고 비닐을 씌워 다시 걸어두었다. 주로 집안에서의 일들. 새미가 곁에서 할머니가 하는 일을 내내 지켜보기에는 따분한 일들이었다.

새미는 새미만의 일과를 찾기로 했다. 할머니가 바스락바스락 집을 누비는 동안 종일 텔레비전을 보거나 오래된 책을 읽거나 그것도 아니면 그림을 그렸다.

새미가 그리는 그림은 얼굴이 모두 똑같았다. 학교에

서 친구가 칠판에 단 몇 개의 선만으로 미소녀 얼굴을 슥슥 그려내는 것을 보고 몇 번씩이나 더 해보라고 요청해 배운 화법이었다. 친구의 그림에는 순서도 정해져 있어 외우기가 편했다. 바로 따라 할 수 있었다. 먼저 약간 납작하되 턱만은 뾰족한 얼굴형을 그린다. 왼쪽 테두리에는 이후에 눈을 그릴 틈을 남겨두고, 오른쪽에만 귀를 그려준다. 왼쪽 눈은 코까지 이어지도록 한번에 그려내고, 오른눈은 왼쪽보다 더 길고 크게 그린다. 속눈썹, 원한다면 쌍꺼풀도 그릴 수 있고, 여기까지 끝냈다면 눈썹까지는 일사천리. 머리는 아무렇게나. 머리를 그리는 건 일도 아니다. 눈썹 위까지 이마를 빼곡히 덮어주기만 하면 된다. 귀걸이나 목걸이 역시 원하는 대로 선택할 수 있었다.

새미는 몇 개의 선만으로 아름다운 얼굴을 그릴 수 있는 것이 좋아 매번 똑같은 그림만 그렸다. 머리는 길어지거나 짧아졌지만 결국 같은 사람이었다. 그린 뒤에 다시 들여다본 적은 한 번도 없었다. 미소녀는 언제든 그릴 수 있고, 그림 자체보다는 어떤 법칙으로써 언제 어디서나 존재하는 그림이었다.

새미가 자신의 그림을 다시 들여다본 것은, 할머니

가 저녁 먹기 전 간식으로 부쳐준 배추전 접시를 들고 그림 그리던 종이들이 널브러져 있는 서랍장 앞을 지날 때였다. 같은 생김새의 미소녀 얼굴들 속에 뭔가 다른 것이 있었다.

미소녀 곁에는 멍청한 얼굴의 괴소녀가 서 있었다. 왼쪽 눈과 코가 이어져 있고 얼굴형이 납작한 것으로 보아 미소녀와 전체적인 구성이나 그리기 순서는 비슷해 보였지만 결과물은 전혀 달랐다. 새미의 미소녀들은 얼굴밖에 없었지만 괴소녀는 팔다리를 모두 갖추었고, 주변을 둥둥 떠다니는 미소녀의 새침한 얼굴들을 한주먹으로 덮쳐버릴 것처럼 섬뜩하고 뒤를 모르는 얼굴로 멀뚱멀뚱 서 있었다.

"할머니 이거 할머니가 그린 거야?"

"어. 있길래 따라 그려봤다. 왜 팔다리를 안 그려 너는."

대답하는 할머니 얼굴을 자세히 바라보니 파마기 없는 짧은 머리에 짤막하고 굵은 팔다리, 크고 처진 눈, 주름이 많아 구불구불한 얼굴 윤곽이 꼭 괴소녀 같았다. 무슨 귀신처럼 얼굴만 그려놨어, 낄낄 웃는 할머니의 모습은 무릎이 닳도록 사람들에게 음식을 내어주는 그런 할머니가 더이상 아니었고 막강하고 사악한, 어른 중의 어른처럼 보였다.

*

새미의 불안한 예감대로 그날 밤 꿈에 괴소녀가 출연했다. 잇병 난 자리를 혀로 자극하며 예견된 고통을 자꾸 찾게 되는 것처럼 새미는 괴소녀가 꿈에서까지 자신을 괴롭히리라는 것을 예감하면서도 그에 대해 생각하기를 멈출 수가 없었다. 처음으로 집에 돌아가고 싶었다. 엄마 아빠에게 전화가 오면 오늘은 별일 있다고 해볼까, 그러기에는 전화가 새미가 아닌 할머니에게 걸려왔고, 바로 앞에서 할머니가 바라보고 있는 와중 집에 가고 싶다고 말할 수도 없었다. 괴소녀는 꿈에 교묘한 방식으로 등장했다. 새미를 직접 괴롭히는 것이 아니라, 새미가 아끼는 강아지 모양 베개의 흰 얼굴 부분이 반으로 갈라져 한쪽이 붉은색으로 흠뻑 물들더니 베개가 공중에 붕 떠 새미 쪽으로 천천히 다가오고 있을 때 베개만 보이던 시야가 일순간 넓어지고 뒤에 가만히 선 괴소녀가 드러나는 식이었다. 괴소녀의 은근한 등장에 새미는 밤잠을 설치다 결국 윽 소리 지르며 깼다.

할머니가 곁에 없었다. 거실에 나가 있는지 불빛이 방으로 새어 들어왔다. 시간은 새벽 네시. 새미는 할머니? 부르며 거실로 나갔다. 할머니는 부엌 등만 켜두고 거울 앞에서 화장을 하고 있었다. 곱게 다린 옷을 입고 구르프로 머리도 말고 있었다. 입술에는 진한 적갈색 립스틱을 발랐고 탁상용 거울 앞에는 처음 보는 화장품들이 잔뜩이었다. 할머니가 아닐 수도 있다는 생각에 새미는 발이 굳었고 오줌이 마렵다는 감각, 여기서 뭔가 더 큰, 예상치 못한 자극이 주어지면 오줌을 줄줄 싸고 말 거라는 예감도 동시에 들었다. 할머니는 눈썹을 그리다 말고 왜 벌써 깼느냐고 물었다. 진한 화장으로도 할머니의 당황한 표정까지 감출 수는 없었다.

"어디 가?"

"어어…… 뭐냐 그……"

할머니는 새미가 아닌 그 너머를 보고 있었고, 새미가 뒤를 돌아본 곳에는 텔레비전이, 텔레비전 뒤 큰 창문이, 그리고 창밖 계단참에는 멧돼지 두 마리가 서 있었다. 멧돼지들은 집 안쪽의 둘보다 더 놀란 듯 이쪽을 바라보았다가 서로를 바라보았다가 짧은 앞다리 들고 훠이훠이 아마 안녕, 하는 것 같은 몸짓을 했고 그러다 중심을 잃고 휘청거렸다.

새벽녘임에도 더운 여름 공기가 온몸에 들러붙었지만 긴팔을 꼭꼭 챙겨 입고 새미는 다시 할아버지 무덤 앞에 섰다. 멧돼지 둘과 할머니도 함께였다. 할머니는 오는 길 내내 멧돼지들에게 농을 걸었다. 얘는 지금 이렇게 갔다 오면 몇십 년 뒤에나 다시 올 텐데 그럼 스틱스 강도 지금의 스틱스 강이 아닐 텐데 말이야. 얘는 그냥 어디 동굴 갔다 온 걸로나 기억하겠지. 멧돼지들도 그렇겠죠, 할머님, 꾀꼬리 같은 목소리로 이야기하며 킬킬거렸다. 멧돼지 둘이 합심해 할아버지 무덤에 난 지하 입구를 찾아냈다. 덩치가 더 큰 멧돼지가 등을 낮추고 할머니가 그 위에 탔다. 작은 멧돼지도 이어 새미를 등에 태웠다. 멧돼지 타고 아래로 아래로 내려가는 길은 지난번 할아버지 쫓아 허겁지겁 내려가던 길보다 훨씬 길게 느껴졌지만 마음만은 편안하고 좋았다. 둥실 둥실 구름에 실려가는 기분이었다.

계단이 끝나는 지점, 새미네 일행을 마중 나온 사람이 있었다. 부리부리한 눈 덕분에 새미는 그가 누군지 한눈에 알아보았다. 새미가 어, 마음속으로 먼저 흠칫 놀라 어, 하고 입 밖으로 내뱉기도 전에 그는 더 큰 멧돼지 쪽으로 다가가 할머니가 내리는 것을 도와주고는 긴긴 키스를 했다. 할머니와 그는 키스를 아주 오래했다. 그는 키도 아주 커서 할머니가 그의 목에 두 팔을 감고 까치발을 들어야 했다. 그는 할머니의 허리를 두 팔로 감은 채로 키스하다가 할머니를 들어올리고 빙빙 돌리기도 했다. 할머니의 키는 작은 멧돼지보다 조금 커서 그가 들어올리는 대로 훌쩍 높아졌다. 그의 큰 눈은 꿈벅거릴 때 다른 사람들보다 훨씬 오래 걸렸다. 덕분에 할머니를 바라보며 꿈뻑, 할 때마다 눈빛이 다정해 보였다.

"새미야, 이이는……"

할머니의 소개가 끝나기 전에 그가 말을 가로챘다.

"안녕, 새미. 우리 구면이지. 나는 카론이야. 카론이라고 해."

그가 새미에게 손을 내밀었다. 새미도 역시 손을 내밀어 그의 손을 마주잡았다.

"새미가 할아버지를 아주 좋아하는 모양이던데 음 설명이 좀 필요하겠어."

카론은 목소리가 좋았다. 영어를 말하는 것 같은 목소리로 한국말을 했다. 카론은 할머니와 새미의 손을 모두 잡고 걷기 시작했다. 카론은 뱃사공이었지만 노를 젓지 않아 손 안쪽이 새미의 어린 손처럼 부드러웠다. 그들은 오른쪽으로 강을 끼고 숲속을 걸었다. 새미는 걷는 내내 그때 왔을 때는 여기 텅 비어 있었던 것 같은데, 갑자기 숲이 생겼다, 다른 길인가, 생각했지만 아무 질문도 하지 않았다. 숲은 분명 우거져 있었지만 우거졌다는 느낌보다는 둥글둥글 주렁주렁 같은 말들이 더 어울렸다. 새미 눈높이보다도 높은 곳에 정체를 알 수 없는 커다란 열매들이 열려 있었다. 새미야 이건 가지야, 이건 당근이야, 이건 토마토고 양배추야. 할머니가 나무 하나 지날 때마다 알려주었고 새미는 각각의 나무와 멀어지고 나서야 그 열매의 정체를 파악할 수 있었다. 가지 당근 토마토 양배추가 맞았지만 아주 커다란 가지 당근 토마토 양배추였다. 새미가 그 위에 거뜬히 탈 수 있을 만큼 열매들은 모두 복스럽고 너그러운 얼굴이었다.

한강에 피크닉 나온 것처럼 강가에 돗자리를 폈다. 카론에게 예쁜 매트가 있었다. 샌드위치도. 돗자리 펼치고 나서는 할머니를 한번 꼭 껴안았다. 샌드위치 안의 야채들이 모두 정사각형이었다. 야채의 전체를 짐작

하기 어려운 정확한 정사각형. 저 머리 위 야채들을 샌드위치에 넣을 만한 크기로 도려내면 이런 형태가 되는 거겠지. 저것들을 집에 하나씩만 갖다 놔도 샌드위치를 아마 삼백 개는 만들 수 있지 않을까. 맛은 비슷했다. 언제나 맛있는 샌드위치 맛이었다. 강 바라보며 돗자리에 앉아 샌드위치를 먹으니 정말 소풍을 나온 것 같았지만 이곳은 스틱스 강이어서 사람들이 자꾸만 물속으로 뛰어들었다. 각자 챙겨 온 색색깔의 패들을 옆구리에 끼고, 방금 막 딴, 조각나지 않은 커다란 야채를 타고. 야채 위에 몸을 실은 사람들은 물에 빠지자마자 다시 둥실 떠올라 그때부터는 열심히 노를 저어 강 건너편으로 향했다. 몇몇 사람들은 이쪽을 보고 손을 흔들어주기도 했다. 이게 다 새미 네 할머니가 여기 스틱스 강가에 텃밭을 가꾼 덕분이야, 카론은 새미에게 샌드위치 하나를 더 건네며 이야기했다.

"여기 흙에서는 야채가 다 저렇게 자라. 엄청 커 새미야."

할머니가 말했다. 카론의 손가락을 주무르면서.

할머니는 집에 멧돼지가 찾아와 뒷마당 텃밭에서 자고 간 바로 다음날, 일찍 일어나 멧돼지들과 함께 이곳을 찾았고 잠깐 할아버지에 대한 회한에 젖었다가 곧 바로 발 디딘 땅의 흙이 범상치 않음을 알아차렸다. 그 다음 날에는 씨앗을 가져다 심었다. 씨앗은 빠르게 컸다. 줄기가 자라고 잎이 나고 꽃이 피고 진 뒤 열매를 맺는 과정을 앉은 자리에서 모두 볼 수 있었다. 강 바로 앞에 흘린 씨앗 역시 무럭무럭 자라 열매를 맺었고 열매가 강에 떨어지자 물에 둥둥 떴다. 카론은 그 열매를 보고 이렇게 저렇게 고민을 해보다가 수천 년 매달려온 뱃사공 일을 그만두었다. 사람들이 노를 직접 젓는 것은 마찬가지였으니 배 위에서 내려오기만 하면 되는 간단한 일이었다. 할 일이 없어진 카론은 매일 새벽 강가를 찾아 텃밭을 가꾸는 할머니와 사랑에 빠졌다. 할머니 역시 곧 카론을 사랑하게 되었고 함께 강에서 멀리 떨어진 황야에 집을 짓고 살기로 했다. 카론에게는 망자들에게 받아둔 노잣돈이 넉넉히 있었다. 할머니는 이승으로부터 여기로 이사 올 준비를 매일 조금씩 해두었다. 옷을 다리고 정리하고 꼭 챙겨 가야 할 물건들의 목록을 적어두었다. 그렇게 카론과 함께할 영원을 천천히 준비하기로 하고 그전까지는 매일 새벽 만나기로 약속.

할머니가 들려준 얘기는 새미가 샌드위치 하나를 다

먹기 전에 끝날 만큼 짧았으나 또 그렇게 끝낼 수 있을 만큼 간단한 것 같지는 않았다. 새미는 이야기하는 할머니 얼굴이 너무 가뿐해 잘 모르겠지만 잘된 일이겠지, 할머니에게는 무척 행복한 일일 거라고 결론짓기로 했다.

"얘한테 말하니까 속이 다 시원하다. 그치?"

할머니가 새미를 보다가 카론을 보았다. 카론의 손을 계속 주물주물. 카론은 새미 머리를 쓰다듬더니 용돈으로 이십 달러를 주었다.

"이런 돈은 처음 봐요."

새미가 말했다.

*

여름방학이 끝나기 닷새 전 새미는 다시 집으로 돌아왔다. 어느 날 아침에는 엄마 아빠에게도 네모네모 샌드위치를 만들어주고 싶어 부엌에 몰래 나와 재료를 손질했다. 새미는 모든 재료를 정사각형이 되도록 자르려고 애썼는데 그러려면 정사각형 틀에서 어긋난, 거의 재료의 절반에 해당하는 부분은 못 쓰게 됐다. 엄마는 방에서 나오자마자 뭐야! 너 이거 다 잘라 버리고 뭘 하겠다는 거야 이 비싼 거! 면박을 주었고 새미는 며칠 만에 샌드위치 만들기를 그만두었다. 그러자 샌드위치에 대해서는 생각할 필요가 없어져 곧 네모네모 샌드위치를 잊어버리고, 네모네모 샌드위치를 먹었던 스틱스 강가와 강가에 열린 커다란 열매들을 잊어버리고, 카론, 카론의 부리부리한 눈만은 선명한데 그 나머지는 가물가물하다, 대머리였나? 종내 카론의 이름마저 잊어버렸을 때쯤 새미가 학교에서 돌아오니 회사에 있어야 할 아빠가 거실 소파에 앉아 엉엉 울고 있었다. 엄마가 새미를 부엌으로 데려가더니 할머니가 돌아가셨어, 속삭였다.

"왜?"

"그렇게 됐어."

엄마는 아무 말도 아닌 말을 했다. 새미는 곧 까만 원피스에 까만 구두를 신고 차에 탔다. 아빠는 조수석에서 계속 엉엉 울었고 엄마가 한참 운전을 했다. 내린 곳은 세일링 용품점이었다. 무슨 패들로 해야 하지, 할머니가 무슨 색깔을 좋아하셨더라? 밝은색으로 해야 하나, 눈이 침침하신 그런 것도 고려해야 하나요? 엄마만은 정신을 차리고 점원에게 의견을 구하고자 했지만 아빠는 할머니가 무슨 색을 좋아했는지는커녕 어떤 말도 하지 못하고 계속 울기만 했다. 마침내 할머니를 위해 군청색 패들 한 쌍을 구입해 차 트렁크에 싣고는 그제야 장례식장으로 향했다. 새미로서는 할아버지 장례식 이후 두번째 참석해보는 장례식이었다. 엄마 아빠는 불과 일 년도 지나지 않은 할아버지 장례식 때 패들 따위 없었다는 것을 기억이나 할까? 그 기억이 남아 있다면 이렇게 자연스러울 수는 없을 텐데, 언제 어떻게 이렇게 패들 구입하는 것이 당연한 일이 되어 있을 수 있지, 새미는 식장 대기실 구석에 앉아 땅콩을 먹으며 그런 생각을 했다.

'음…… 그럴 수도 있지……'

새미는 당연하게 구는 사람들이 알지 못하는 것을 모두 알고 있었지만 그것들은 벌써 약간은 흐릿해졌고 흐릿해진 장면들을 언어화하기에는 상당한 노력이 필요해 그러지 않기로 했다. 어쨌든 할머니는 잘 살고 있을 것이다. 그것만은 확신할 수 있었다. 그래도 장례식장에 와 있으니 눈물이 나 새미는 조금 울었다. 다른 생각이 들지 않는 진짜 눈물이었다.

여름휴가 기억

김화진

여름에 대한 기억을 떠오르는 대로 줄줄이 쓸 수 있다니 어떻게 흘러갈지 모르겠지만 일단은 좋다. 여름의 괴로움을 뻔히 알지만 항상 여름 하면 일단은 좋다, 는 생각이다. 여름의 기세가 좋다. 해가 길고 물이 차오르고 얇고 단순한 옷을 입고 머리카락이 목덜미에 붙지 못하게 머리를 묶고 시원한 것이 최고라는 생각으로 돌아다니게 되는 여름의 속성들. 드디어 복숭아를 먹을 수 있는 계절이라는 생각과 뜨거운 계절인데 뜨거운 찐 옥수수가 잘 어울리는 게 이상하면서도 좋다는 생각. 과일 말고 또 떠오르는 건 뭐가 있을까.

사실 어릴 땐 여름 하면 귀신이었는데. 안 그렇게 된

지 무척 오래되었지. 왜냐하면 나는 어른이니까. 어린이 시절로부터 멀어졌으니까. 그때는 티브이에서 꼬박꼬박 납량 특집을 했고 나는 그것을 진지하게 챙겨 보았다. 특히 문지방 밟지 마! 가 기억이 난다. 무슨 내용인지는 기억이 나지 않는데 에피소드가 시작되기 전에 무척 위엄 있고 무서운 목소리로 문지방 밟지 마! 하고 외치던 것과 동시에 뜨던 빨간 자막…… 왜 밟지 말라고 했을까…… 단순히 복 나가서는 아니었던 것 같은데. 어떤 귀신이 산다는 내용이 있던 것 같은데. 이유는 모르지만 아빠는 아직도 나에게 문지방을 밟지 말라고 한다.

그리고? 당연히 여름휴가가 있다. 여름휴가는 들으면 짜릿한 단어 다섯 개 안에 들 것이다. 뭐라도 걸 수 있다.

어린이 시절에는 항상 여름휴가를 아빠 쪽 친척들과 다 함께 바다로 계곡으로 떠나곤 했다. 친가가 원주에 있었기 때문에 강원도의 계곡과 동해 바다에 갔다. 할머니, 할아버지, 우리 가족과 작은아빠 가족, 고모들까지. 놀러가는 날이 되면, 여자 어른들은 아이스박스에 먹을거리를 챙기고 남자 어른들은 대형 텐트를 몇 개씩 챙겨 이른 아침부터 차에 나눠 타고 바다로 계곡으로 떠났다. 아침 일찍부터 가야 하니 전날 밤엔 제발 좀 일찍 자라고 나와 사촌동생과 동생에게 신신당부하던 어른들의 목소리도 떠오른다. 놀러가는 건데 좀…… 느긋하게 가도 되지 않나? 어른들이 그렇게까지 노는 일에 열심이라는 게 어린 나이에 좀 의아하기도 하고 의외이기도 했다.

그러나, 그땐 몰랐지만 지금은 안다. 노는 일은 성실하게 해야 하는 거라는 걸…… 물놀이를 하러 가는데 느릿느릿 해 다 질 때쯤 가면 아무도 못 논다는 것…… 어른들이 하는 일에는 이유가 있었다는 사실을 깨닫고 있는 요즘이다.

여름휴가 때 사촌동생을 만나면 떨어지고 싶지 않았다. 나는 일 년에 몇 번 보지 못하는 사촌동생을 무척 좋아했다. 일단 만나면 우리는 항상 한 차에 타기를 고집했는데 주로 할아버지가 운전하는 큰 차를 탔던 것 같다. 창문을 열고 고래고래 소리를 지르고 창밖으로 인사를 하고 노래를 불렀다. 쿨 김건모 지오디…… 이런 가수들의 노래를 불렀을 것이다.

아빠와 작은아빠가 텐트를 치면 할머니는 거기 어느

한곳에 자리잡고 앉아 내내 음식을 했다. 음식을 하지 않으면 과일이라도 썰어줬다. 수박이나 천도복숭아. 도착하면 나는 빨리 물에 들어가고 싶었는데, 동생들은 초반에는 물에 들어가기를 조금 두려워했다. 옷 젖는 걸 싫어했던 걸까? 내가 이해하기에는 조금 까다로운 성격들이었다고 기억한다. 남동생은 어렸을 때부터 말수가 적은 편이었고, 사촌동생은 어렸을 땐 좀…… 새침한 편이었다고 해야 하나. 늘 나에게 "언니가 먼저 해"라고 말했다. "언니가 먼저 해 봐." 물 앞에서도 마찬가지였다. "언니가 먼저 들어가." 나는 그 말을 들으면 언제나 마음이 반반이었는데, 안 그래도 먼저 들어가고 싶은 마음과 나쁠 게 하나 없지만 왜 항상 내가 먼저 해야 하는지 이유 없는 반발심이 드는 마음이 그것이었다. 그러나 그것은 마음뿐. 나는 언제나 불평하지 않고 먼저 했다. 먼저 들어갔다. 일단 물에 들어가면, 반반의 마음 따위는 아무것도 아니게 되었다. 물이 좋았고 물속에 있는 게 좋았다. 겁먹은 동생들이 탄 튜브를 뒤에서 붙잡고 괜찮아! 괜찮아! 소리쳐줘야 할 때도 있었다.

귀여운 동생들. 나는 동생들을 무척 좋아했다. 지금도 여전히 그렇다. 물놀이가 끝나면 우리는 근처에 마련된 열악한 샤워장에서 몸을 씻고 어른들이 듬뿍 챙겨 온 수건으로 몸을 닦고 어른들이 챙겨준 보송보송한 옷으로 갈아입은 뒤 랜턴이 달린 텐트 안에 이불을 깔고 누워 뒹굴거렸다. 그때도 주로 무서운 이야기를 읽었다. 문방구에서 파는 손바닥보다 작은 무서운 이야기책을. 그게 뭐가 그렇게 재밌었는지 셋이서 어깨를 바짝 붙이고 최대한 집중을 했고 그러다 누가 워! 하고 놀래키면 꺄르르 새된 웃음소리와 비명을 한꺼번에 내질렀는데 우리가 시끄럽게 하면 밖에서 분주하던 어른들이 항상 새새거리지 말라고 야단쳤다. 그 말을 들은 적은 한 번도 없다. 늘 새새거렸다.

어두운 밤, 불빛이 흔들리던 텐트 안에서 우리는 즐거웠다. 놀잇거리는 떨어질 일이 없었다. 우리는 그때 한창 유행했던 디지몬 풍선껌을 씹고 풍선을 불고 껌종이에 있는 디지몬 판박이 종이를 들고 이야기를 짓거나 공격력을 평가하며 떠들었고 각자 마음에 드는 디지몬 판박이를 팔뚝에, 손등에, 뺨에 붙였다. 아직 어렸던 동생은 뭔가에 꽂히면 그것만 하기를 좋아했는데 어느 날의 여름밤엔 하나 빼기 일에 꽂혀서 디지몬 판박이로 가득한 오동통한 팔을 번갈아 내며 가위바위보 하나 빼기 일을 외쳤다…… 사촌동생과 내가 질려서 슬슬 자리를 피하자 아빠를 붙들고 하나 빼기 일을 이어갔다. 아빠는 그 얘기를 요즘도 한다.

불장난하지 마라, 오줌 싼다, 그런 경고를 엄중하게 하던 어른들은 왜 우리가 불장난을 할 수밖에 없이 모닥불을 피웠을까? 자라, 내일도 놀려면 지금 자라, 하고 아이들에게 잠자리에 들 것을 거듭 이야기하던 어른들도 여름밤 어느 순간에는 마음이 누그러지는지 결코 자지 않고 텐트 밖으로 나온 우리들에게 모닥불에 쥐포를 구워주었다. 여름이 주는 일탈감에 가슴이 두근거렸다. 평소에는 잘 보지 못하던 아빠의 부드러운 얼굴과 딱딱 소리를 내며 피어오르던 불과 맛있는 냄새를 풍기며 구워지던 쥐포……

아빠는 쥐포 평론가였다. 진짜 쥐치 살이 두껍고 결대로 살아 있는 쥐포만 진짜 쥐포라고 했고 어떤 쥐포는 가짜 쥐포라고 했다. 아빠의 기준 덕분에 우리는 언제나 진짜 쥐포만을 먹었을 것이다. 진짜 쥐포를 파는 가게나 트럭을 만나면 이런 걸 사야 한다며 꼭 샀다. 휴가가 끝나면 쥐포를 한 팩씩 사 들고 집에 오게 되고, 한동안 집에서도 간식으로 쥐포를 구워먹었다. 그건 혼자

서도 해 먹을 수 있는 진짜 좋은 간식이었다. 가스레인지 불 위에 올려두기만 하면 되니까. 끝이 오그라들고 타는 것 같으면 잽싸게 뒤집기만 하면 된다. 나는 지금도 쥐포를 좋아한다. 아빠가 절대 취급하지 않던 가짜 쥐포도.

계곡이나 바다까지 멀리 가지 않고 할머니 집 근처 뚝방 다리 밑 강에서 헤엄을 치고 놀았던 기억도 있다. 다리 밑에는 우리 가족 말고도 본격적으로 자리를 잡고 돗자리를 펴고 음식을 하고 어린이들을 놀리는 가족들이 많았다. 동생은 주로 물고기를 잡고 싶어했고, 사촌동생과 나는 서로 잡아주고 끌어주고 밀어주며 수영을 했다. 언젠가 사촌동생은 물속에 들어갔다 안경을 떨어뜨렸는데, 물을 무서워하지 않는 내가 숨을 잔뜩 들이마시고 머리까지 집어넣어 강바닥 가까이 아무리 손을 휘저어도 안경은 찾을 수가 없었다.

그때 안경을 잃어버렸다고 작은엄마에게 혼이 났는지, 안 났는지는 기억이 잘 나지 않는다. 다만 물놀이가 끝나고 집에 돌아온 밤에, 열심히 놀아 노곤한 몸으로 자려고 사촌동생과 나란히 누워 있는데, 옆에서 훌쩍훌쩍 소리가 들려왔다. 그래서 나는 애가 안경을 잃어버렸다고 혼나서 우나? 싶었는데. 왜 울어? 하고 묻는 나에게 사촌동생은 대답했다. 차가운 물속에 혼자 있는 안경이 불쌍해. 그때 나를 비롯한 고모, 아빠, 할머니, 식구들은 그 말이 귀엽고 재밌어 다 같이 웃었다. 그런데 웃고 나면 진짜로 슬퍼지는 뭔가가 있었다. 사촌동생의 말을 듣자 해가 저문 깜깜한 강바닥에 고요히 내려앉아 있는 안경의 모습이 떠올랐기 때문이다.

뒤늦게 사촌동생의 슬픔에 공감한 나는 그것에 전염되어 좀 가라앉은 마음이었는데, 다음날 사촌동생은 어린이답게 이미 강 밑에 가라앉은 안경의 슬픔을 말끔히 씻어낸 것 같았다. 다음날 역시 여름이었고 무더웠고 우리는 골목길을 이유 없이 돌아다녔다. 한 명이 자전거를 타면 두 명이 따라 뛰다가, 원마트에 가서 투 플러스 원 아이스크림을 골라 입에 물고 걸었다. 뚝방 위를 걸을 때도 있고 골목 사이사이를 걸을 때도 있었다. 할머니 집으로 들어가는 길에 있던 한 번도 들어가보지 않았던 피시방, '시인과 농부'인지 '시인과 촌장'인지 하는 이름의 술집이 있던 것. 어린이들의 혼을 쏙 빼놓는 문방구와 그 앞에서 시간 가는 줄 모르고 뽑기를 하던 것이 기억난다.

우리는 언제까지 그렇게 놀았을까. 확실한 건 할머니가 돌아가시고 강원도 원주의 그 동네에는 갈 일이 없게 되었다는 사실이다. 할아버지는 그 집을 팔고 조금 더 외진 춘천의 어딘가로 이사했다. 이제는 여름마다 강원도의 바다나 계곡에 가지 않는다. 그건 할머니가 돌아가시기 전부터, 어린이들이 더이상 어린이들이 아니게 된 순간부터 있어온 일이긴 하지만. 아직도 여름 하면, 그 길다면 길고 짧다면 짧았던 가족의 연례행사가 떠오른다. 가족과 친척이 와글와글 모여 여름휴가를 떠났던 일들. 그런 일이 내 인생에 있었지, 싶다. 앞으로는 없을 것 같다는 생각 때문에 더 그때를 떠올리게 되는 것 같기도 하다.

최근에, 어른이 되어 갔던 강원도의 바다도 있다. 그곳은 고성이었다. 다른 지역은 몰라도 강원도는 친밀하다고 생각했는데 고성은 처음 가본다는 사실에 두근거려서 고성이 마치 새로 찾은 미지의 땅처럼 느껴졌다. 그때 묵었던 숙소에서 오 분 거리에 유난히 한적한 해변이 있었다. 양옆으로 호텔의 프라이빗 비치며 사람들이 몰리는 해수욕장이 있었는데 신기하게도 우리가 자리를 잡고 앉은 그 공간만 인적이 드물었다. 덩그러니

놓인 그 느낌이 싫지 않았다. 가끔 주변으로 덩치 큰 개들과 함께 사람들이 지나갔다. 사람은 개들에게 공을 던지고 개들은 공을 물어 왔다. 공을 바다로 던져도 개들은 물을 무서워하지 않고 첨벙 뛰어들어 공을 물고 헤엄쳤다. 그 모습을 보고 나는 조용히 박수쳤다. 고성에서의 그 여름이 무척 만족스러워 소설에도 쓰게 되었다. 내가 보낸 여름을 소설에 쓰는 일은 언제나 좋다. 서로 다른 여름을 여러 번 소설에 쓰고 싶은 마음이다.

그렇다면 지난해에, 해외여행에 대한 두려움을 무릅쓰고 다녀온 오스트리아의 여름에 대해서도 언젠가 소설에 쓸 수 있을까? 나는 여름에는 무조건 수영을 해야 한다고 생각하는 쪽이고 오스트리아에는 바다가 없어 호수 수영을 결심했다. 옷 아래 수영복을 입고 호수를 만나면 수영을 해야지 하는 마음으로 돌아다니는 건 무척 두근거리는 일이었다. 호수 나타나기만 해봐라, 주저 없이 옷을 벗어던지리…… 고사우의 호수를 직접 보았을 때 야 여기 네스도 안 살고 뭐 하냐 안 산다면 꽤 서운하다 그런 생각을 했고 얼른 들어가고 싶다는 마음뿐이었다. 호수 수영의 경험이 없는 동양인으로 조금 쭈뼛거리고 머쓱한 느낌도 없잖아 있었지만……

여기는 오스트리아! 아무도 나를 모른다! 나는 그런 해방감으로 익숙한 부끄러움을 이기고 바위와 풀숲 사이에서 옷을 훌렁 벗고 수영복 차림으로 호수에 뛰어들었다. 조금만 들어가면 발이 닿지 않아서 두려웠지만 열심히 다리를 움직여 물에 오래 떠 있으려고 해보았다. 호수의 물은 놀랍도록 차가웠다. 햇빛은 뜨겁고 호수는 차갑고. 그 사이에 몸을 담그고 있는 일이 좋았다. 천천히 수영을 하고 있으니 호수 수영이 루틴인 것처럼 익숙해 보이는 백발의 할머니들이 옷을 벗고 들어왔다. 할머니들은 나와 눈이 마주치면 여유로운 얼굴로 웃어주었다. 여행중에 내가 본 오스트리아 사람들은 너 나 할 것 없이 컸고, 노인들 역시 키가 커서 나는 종종 그들로부터 귀여워하는 눈빛을 받은 것 같은데, 그것도 나름 나쁘지 않았다. 나는 호수 수영의 입장에서 보면 어린이니까.

여름을 생각하면 떠오르는 것은 역시 여름휴가. 어린이 시절, 물속에 잠긴 몸, 그리고 소설이 된 여름이네.

도쿄 노트
이희주

1

이것은 에세이고 저는 좋은 이야기를 하기로 마음먹었습니다. 사람들은 좋은 이야기를 좋아한다는 걸 깨달았기 때문입니다. 어려운 일은 아네요. 제게 주어진 주제는 여름이고 저는 여름을 아주 좋아하거든요. 여름엔 저의 생일이 있고, 저는 땀을 흘리는 것도, 시원한 음식도 좋아하고, 무엇보다 길어진 해를 보는 것을 정말 좋아하거든요. 그러니까 세 가지를 다 즐길 수 있는 여름은 제게 최강의 계절. 영원히 이어져도 좋은 계절이지요(라고 쓰는 순간 〈에반게리온〉의 연옥 같은 여름이 떠올랐네. 의도한 건 아네요).

지금 글을 쓰는 이곳은 도쿄의 호텔방입니다. 제게

여름을 떠올리게 하는 장소가 이곳이라 조금 무리했는데 오길 잘했다는 생각이 드네요. 벌써 더워 여름 같기도 하고요. 좋은 글은 몰라도 어쨌든 글 하나는 써 갈 수 있을 거 같은 느낌입니다. 써야만 하기도 하고……

어제는 다카오산을 갔어요. 계단을 오르는데 뒤에 따라오던 일본인들이 기쓰이, 기쓰이きつい라고 하더라고요. 저는 힘든 거 하나도 모르겠던데. 바람이 불어 기분이 좋기만 했는데 말예요. 다카오산은 신주쿠에서 게이오선 특급을 타고 사십오 분 거리에 떨어진 곳에 있고, 정상으로 향하는 총 일곱 개의 루트 중 그날의 몸 컨디션에 따라 편한 길을 고르시면 됩니다. 저는 1번 코스가 가장 오래 걸린다고 하여 골랐는데, 알고 보니 그게 가장 쉬운 코스인 거 같더라고요. 평소 산행을 즐기시는 분들은 6번 코스로 올라가 2번, 4번을 거쳐 정상으로 가면 나름대로 보람찬 산행이 될 거 같습니다. 중간에 신비한 사슴이 승려에게 알려주어 발견했다는 비와 폭포도 있고, 흔들다리도 건널 수 있고요. 저는 그보다 한국과는 수종이 다른 것처럼 거대한 나무와 이름 없는 불상을 보는 게 더 좋긴 했지만요(다람쥐 굴보다 조그만 굴에 엄지손가락만한 불상이 있었는데, 누가 빨간색 뜨

개 모자를 씌워줬더라고요). 더불어 쉼터에 있는 노점에서 된장 소스를 발라 구운 떡꼬치를 사 드시는 걸 추천합니다. 간토 평야를 내려다보며 먹는 달착지근하고 짭짤한 소스가 정말 일품이에요. 갠 날엔 후지산도 보인다고 하니 날씨를 꼭 확인해주시고요.

2

티브이 보는데 품바 나온다. 저런 우스꽝스러운 분장 한 사람들 지독하고 강해 보인다고 생각하다가 반성했다. 남을 함부로 강하다고 하면 안 된다. 그런 식으로 선을 긋는 건 역겨운 짓이니까. 넌 어떻게 그런 걸 해? 이런 말을 하는 거.

참치 해체도 보았는데 무척 재미있어 보였다. 나도 등뼈에 칼 찔러넣고 쑥쑥 가르고 싶다. 거대한 덩어리 뚝뚝 잘라내고 남은 살 뾰족한 숟가락으로 긁어내서 덮밥 만들어서 팔고 싶다. 되게 보람차 보였다. 몸을 쓰고, 남을 먹이고, 매일매일 살아 있는 일에만 힘쓴다는 게…… 나도 그렇게 되고 싶다. 쓸모 있는 사람 되고 싶다.

도쿄를 배경으로 한 소설을 시작했다. 어차피 도쿄에 갈 거니까 미리 시작해두는 것도 나쁘지 않지. 직접 가서 겪어보면 또 다르게 보이겠지? 이건 꼭 완성해서 오자. 그래야만 뭐라도 된 기분이 들 거 같다.(2018)

3

처음 도쿄를 간 건 2016년 여름이었습니다. 8월 한가운데에 갔음에도 무척 쾌청했습니다. 옷을 갈아입을 필요가 없을 정도로 땀이 나지 않았다면 믿어지시나요? Tube의 'Season In The Sun'이라는 노래가 눈에 보인다고나 할까. 아니면 야마시타 타츠로의 〈For You〉 앨범? Anri의 'Remember Summer Days'? 그 기억으로 일본에 살았고, 또 지금도 틈만 나면 여행을 오니 향후 십 년을 결정한 날씨라고 할 수 있지요.

거리를 걷는 것만으로 바다로 가는 차 안에 있는 기분이었습니다. 머리 위로 고모레비こもれび가 마구 쏟아지고, 바람이 반짝반짝하고 불었습니다. 우리는 다이

칸야마. 시부야, 기치조지와 롯폰기를 원 없이 걸었습니다. 『창가의 토토』로 유명한 구로야나기 테츠코는 미국에 처음 방문했을 때 거리에서 너무나 푹신하고, 부드러운 분홍색, 하늘색, 연노란색의 향기가 날 것만 같은 거대한 꽃다발 같은 먼지떨이……를 보고 놀라 십수 개나 샀다고 하는데 저 역시 다카시마야 백화점 일층의 소품 가게에서 비비안웨스트우드의 손수건을 잔뜩 구입했습니다. 마치 손수건이라는 걸 처음 본 사람처럼 말예요. 그때 친구들에게 줄 선물로는 키링을 샀는데 그중 하나는 아직 집에 남아 있습니다. 도대체 누굴 빼먹은 걸까요?

아무튼 그때의 좋은 기억이 남아 2018년에서 2019년 사이를 도쿄에서 지내게 되었습니다.

4

토마스 만의 소설에서 이런 구절을 읽은 적이 있다. 작가가 길에서 동료 작가를 만난다. 어디로 가냐는 물음에 동료는 카페로 일하러 간다고 말한다. 그는 진정한 작가는 날씨에 구애받는 걸 싫어한다고 말하며 한낮에 어두운 카페로 들어간다. 그 말대로라면 여기 사람들은 모두 훌륭한 작가가 될 기질을 타고났다고 볼 수 있다. 이렇게 화창한 날씨에도 모두 굴 같은 카페로 들어간다. 외국인만 조금 아깝네, 라고 생각하며 공원으로 나왔다.

오자마자 공항에서 험한 우익을 만났다. 신경쓰지 않으려고 했는데 역시 마음 어딘가에 남았는지 거리를 걸을 때면 조심하게 된다. 젊은 남자. 노인. 사람이 무섭다. 벌써 이곳이 끔찍하고 지겹다. 어제는 역에서 연착된 지하철을 기다리는데 뒤에서 한국어로 통화하는 소리가 들렸다. 안내 방송에서 뭐라고 하는데 못 알아듣겠고 지하철은 안 오고 다들 내려서 서 있다고. 말을 걸고 싶었는데 목소리가 안 나왔다. 괜찮대요. 잠깐 늦는 거뿐이래요. 말했어야 하는데 그냥 기다렸다. 열차는 아주 느리게 달렸다. 가끔 내가 괴물처럼 크게 느껴진다.

그래도 서점은 좋다. 도서관은, 미술관은 좋다. 거기선 누구나 이방인이다. 누구나 약간은 어리둥절한 표정으로 걷고 느리게 읽는다. 미친 사람과 노인과 어린

애가 있다. 책을 읽는 나에게 꼬마가 다가와 웅얼거리며 손을 내밀었다. 그애 엄마가 고멘나사이 고멘나사이ごめんなさい 하며 아이를 데려갔다. 그애가 내게 처음 먼저 말을 걸어준 일본인이다.

소설은 대폭 수정이 필요할 거 같다. 역시 실제로 와 보는 것과 아닌 것은 다르다.(2018)

5

도쿄에 사는 동안 좋은 추억이 참 많았지만, 별거 없는 소소한 것들이 가장 기억납니다. 더위가 한풀 꺾인 시간. 같이 살던 하우스메이트와 함께 가라오케에 갔습니다. 실컷 노래를 부르고 돌아오는 길, 새벽의 공기는 어항 속의 물처럼 뜨뜻미지근했고 우리는 눈에 보이지 않는 꼬리를 마구 휘저으며 밤거리를 유랑했습니다. 아직 흥분이 꺼지지 않은 채, 하나도 잠이 안 와서, 작게 말해도 크게 노래하는 것처럼 신나고 들떠서, 배고프지 않아? 하며 편의점에 들러 파스타를 샀습니다. 전자레인지 돌아가는 소리가 너무 크다고, 소음보다 크게 킬킬대며 파스타를 데우고 친구는 맥주와, 저는 콜라와 함께 허겁지겁 먹었습니다.

어느 날엔 문득 섬나라에 사는데 바다를 보러 간 적이 없다는 것이 이상하게 느껴져서 도쿄만을 보러 가기로 했습니다. 조금 비싼 전철을 타고 간 오다이바 해변의 가로수는 야자수였습니다. 관광객이 몇, 근처 고급 맨션의 주민처럼 보이는 사람들이 몇. 바다인데 영 바다처럼 느껴지지 않았습니다. 눈앞에서 바로 나는 갈매기를 멀뚱멀뚱 보다가 웬디스에서 감자튀김을 사서 나눠 먹었습니다. 그리고 또 뭘 했었지? 모래사장을 걸었습니다. 에로스의 무릎에 붙은 황금색 사금 말고 곱고 축축한 검은 모래, 회색 하늘 아래의 모래밭을 걷다가, 지금은 사라지고 없는 비너스 포트의 돔 지붕 아래서 가짜 유럽 같은 거리를 걸었습니다. 사람이 거의 없어 마치 몰래 숨어든 기분이었어요. 도둑질을 하듯 그 기묘한 거리를 샅샅이 훑어보았습니다. 그날 탄 관람차에서 본 노을 지는 하늘은 제가 도쿄에서 본 것 중 가장 아름다웠습니다.

6

도쿄의 날씨는 정말 끔찍하기 이를 데 없다. 장마가 한 달 넘게 지속되고 있는 지금, 수많은 음침 컨텐츠가 이해되기 시작했다. 구로사와 기요시 영화에 갇힌 느낌. 영화 내용은 잊어도 그게 회색이었다는 건 잊을 수 없다. 처음 크레용을 집은 어린아이를 상상해봐. 세상에 존재하는 수많은 색 중 이딴 것이 스물네 가지 안에 뽑혔다는 것에 얼마나 놀랐을지 상상해봐. 도대체 어디에 써야 할지 알 수 없는 색. 흰색의 옆에 두는 것조차 꺼려지는 색. 그런 색이 하늘을 가득 메우고 있다.

구름 한 점 없는 날씨는 좋은 날씨를 비유하는 말로도 쓰이지만, 더운 지역 사람들은 갓 태어난 아이에게 네 머리 위에 구름이 떠 있길, 이라고 기도한다고 한다. 그들에게 구름은 잔혹하게 뜨거운 별으로부터 아이를 가려줄 수호천사다.

그런 의미에서 도쿄에는 천사가 없다. 구멍 없는 완전한 잿빛이다. 구름이 끼고, 비가 내리고, 커다란 적란운이 몸을 비틀고 그렇게 언젠가는 은색 실금이 그 사이를 뚫고 드러나는 일이 없다. 이곳의 하늘엔 정말 아무것도 없다. 가까이 다가가면 기절할 만큼 무수히 많은 날벌레들이 상공에 가득 끼어 있는 게 낫다고 생각할 정도로 없다. 누가 이렇게 칠한 걸까? 어째서 이렇게, 지나치게 꼼꼼하게, 정말 말끔하게, 점 하나 빼먹지 않고 칠한 걸까?

글은 진전 없이 문장을 수정하다가 닫기를 반복이다. '하였어요'와 '했어요' 따위를 붙잡고 있어봤자 뭐가 달라질까? 날씨가 좋았다면 무언가 달랐을까. 여기는 탈출구가 없다. 나는 혼자고 우울하다. 어제는 집에 가는 꿈을 꾸었다. 다시 일본으로 올 비행기표를 들고 공항으로 향하다가 내가 왜 가는 거지? 싶어 우두커니 길에 서 있었다.(2019)

7

예정보다 일찍 도쿄에서 서울로 돌아온 것은 날씨 때문이었습니다. 여름에 접어들어 한 달 내내 이어지는 장마를 벗어나고 싶었거든요. 여행했을 때는 그렇게 좋더니! 아무래도 살아보면 좀 달라지는 게 있더라고요.

일 년 만에 본 서울의 여름은 환상적이었습니다. 무척 변덕스러워 소나기가 쏟아지다가 또 언제 그랬냐는 듯 활짝 갤 때도 있고 그것이 마음에 들었습니다. 저는 서울의 산을 올랐습니다. 사십 도를 육박하는 아주 더운 날에도 정상은 시원했습니다. 계곡물에 발을 담그면 금세 몸이 식어 이가 달달 떨리기도 했습니다. 하산을 하면 딱 해가 질 무렵이에요. 주홍색 빛을 반사하는 유리창을 보며 전화를 걸면, 잠시 뒤 친구가 베란다로 나와 손을 흔들어주었습니다. 그러면 우린 같이 저녁을 먹거나 마트에 갔습니다.

라는 건 반만 진실.

이제 두 가지 이야기를 합쳐봅시다.

생일에 저는 혼자 산엘 갔습니다. 짧게 여우비가 내렸다가 다시 그친 하늘을 보면서 더이상 글을 쓰지 않기로 마음먹었습니다. 다짐대로 소설 하나조차 완성하지 못한 채 돌아온 나 자신이, 아니, 날씨조차 견디지 못해 도망친 나 자신이 혐오스러웠습니다. 줄곧 무언가가 되고 싶었습니다. 그게 무언지는 알지 못한 채 그렇게 생각만 했는데, 그날 깨달았습니다. 내가 되고 싶은 건 인간이라는 걸요. 소설가도 뭣도 아니고 토익 공부를 하는 인간. 취직을 하는 인간. 멀쩡한 인간. 그렇게 고백을 하고, 계약된 소설의 선급금을 돌려주기 위해 가는 길에 차에 치였습니다. 육 인실에선 언제 눈을 떠도 티브이가 재생되고 있었습니다. 지루했습니다. 지긋지긋했고요. 다시 도쿄로 갈 수도, 그렇다고 서울에 있을 수도 없었습니다. 제겐 갈 곳이 필요했습니다.

이게 이야기의 전말입니다. 『사랑의 세계』는 2016년부터 2020년까지 이어진 몇 개의 좋은 여름과 나쁜 여름을 욱여넣은 상자입니다. 뚜껑을 열면 나쁜 것이 가장 먼저 튀어나오지만, 밑바닥엔 여전히 좋은 것이 남아 있는 그런 책. 여러분은 거기서 무얼 보셨나요?

이 글을 통해 여름의 좋은 부분이 잘 전달되었으면 좋겠습니다. 제가 또 심술궂게 굴었더래도 너무 노여워 마세요. 그럼에도 저는 여름의 좋은 순간에 대해 전하고 싶었거든요. 이것은 거짓 없는 진실입니다.

8

종일 흐려서 우울했는데 해 지기 전에 반짝 개서 뛰

어나갔다. 종종 이런 일이 있다. 예보는 비였는데……
돌아와서 글을 쓰는데 달려서 그런지 머리가 팽팽 돌
아가는 느낌이 들었다. 이런 식으로 몰입하는 순간을
보내고 나면 글을 써서 책이 된다는 건 하등 쓸모없는
일이고 오로지 쓰는 순간, 그 순간만이 진실이 아닌가
싶다. 미래에 어떤 일이 일어나든, 다가올 불행에 미리
마음 쓸 필요 없다고 생각했다.(2019)

여름이 몇 걸음 뒤에

박솔뫼

그즈음 여름이 몇 걸음 뒤에 있다고 느꼈다. 여름은 날짜에 맞춰 오고 있는 것일 수도 있고 어딘가에 머물며 나름의 일을 하고 있는 것일 수도 있다. 아니면 멀리 있는데 그저 냄새 같은 것으로 감지하는 것일 수도 있고 아니면 내가 큰 착각에 빠져 있는 시간이었을 수도 있다. 그렇지만 봄이라는 생각은 전혀 들지 않았다. 그 시기는 덥지 않았고 공기가 무겁다는 생각은 들었다. 물기를 머금은 공기가 늘 함께해서 언제 비가 오는지 알 수 없었고 어느새 조금씩 내리는 비를 맞고 들어올 때가 있었다. 하지만 우산을 살 정도는 아니었다. 학교 도서관 건물 공터에는 대나무밭이 있었다. 아무도 돌보지 않고 누구도 가지 않는 그곳에 대나무는 무성하게 자라고 있었다. 어느 날 이웃에 사는 중국인 친구가 거기서 죽순을 따다 주었다.

"비가 오면 더 많이 자라."

껍질을 벗기지 않은 죽순은 작은 산짐승 발 같았다. 귀엽다는 생각도 들었고 잘 모르는 어떤 작고 먼 것이 내 앞에 온 것 같았다. 그 친구는 죽순을 넣은 밥을 지었다. 나는 데쳐서 먹으려다 시간이 생각보다 많이 걸릴 것 같아 다듬어두었다. 다듬은 죽순은 양이 절반으로 줄어 있었다. 나는 다듬은 죽순을 씻어 떫은맛을 빼기 위해 끓는 물에 소금을 넣고 삼 분쯤 데치고, 옆에서 다른 친구는 끓는 물에 다듬은 낙지와 도삭면을 넣고 있었다. 아직 땀이 나지는 않고 옆에 선 친구는 오늘 비가 올 것 같다고 말했다. 비가 오고 나면…… 죽순이 더 잘 자란다. 두 개의 냄비가 잠시 나란히 끓고 있었고 나는 또 공기가 무겁다고 생각했다.

집을 나와 걸으며 다른 사람들이 입은 옷을 보았다.

계절이 짐작이 되지 않는 각자 춥고 더운 옷들이었다. 그즈음 나는 커피를 마시고 빵을 먹고 길을 걷다가 물을 머금은 무거운 공기를 느끼며 매번 새롭게 곧 여름이야 생각했다.

"이제 곧 여름이야."
"그렇지. 다음주면 이런 재킷은 못 입는다고."

카페의 바 좌석에 나란히 앉은 네 사람은 모두 커피젤리를 먹고 있다. 한 명이 먹자 모두들 따라 시켰다. 이걸 먹고 나면 누군가는 얼음이 들어간 커피를 마시고 누군가는 따뜻한 커피를 마시고. 이제 곧 여름이야. 하지만 똑같은 말을 다른 친구에게 했을 때 그 친구는 여름이요? 밤에는 아직 추운데요 하고 말했다.

나는 그즈음 정기현 생각을 종종 했다. 처음 만나는 사람들 알지 못하는 사람들과 이야기를 해야 할 일이 많아서 긴장이 될 때가 있었는데 그럴 때 내가 만나는 사람들이 정기현 같으면 좋을 것 같았다. 아니 그보다는 저기 정기현이 앉아 있네, 라고 생각하면 조금 편해졌다. 너그러운 웃음과 호기심을 담은 눈빛을 한 정기현. 그리고 주변의 공기는 부드럽고 조금 멍하다. 정기현 같은 사람은 없었지만 다행히도 사람들은 생각보다 박정하지 않아서 내게 욕하거나 불만을 드러내지는 않았다. 종종 웃어주는 사람들도 있었다. 내가 웃고 있었나? 웃지 않았더라도 웃으려고 했기 때문에 웃고자 했으므로 웃은 것으로 생각해주면 좋겠다. 그렇게 일이 끝나면 자전거를 타지도 않았는데 마음속으로 자전거를 타고 골목을 누비고 있었다. 머릿속의 나는 자전거를 타고 골목을 누비고 실제 나는 걷고 걸으며 오늘의 나도 내일의 나도 아니고 지금의 나 그러나 내가 조금 다르게 설정한 지금의 나만을 생각하려고 했다. 물을 머금은 공기 속 이 길을 걷고 있는 지금에만 존재하는 다른 표정의 나. 그 사람은 처음 보는 골목으로 가 모르는 사람과 이야기를 하고 낯선 간판 아래를 잘 아는 것처럼 지나간다. 그리고 어느 날인가 오랜만에 금정연과 연락을 했는데 금정연은 갑자기 "이제 곧 여름이 온다 힘내!!!"라고 말했다. 나는 "네!!!" 하고 대답했다. 이제 곧 여름이 온다.

여름은 정말 몇 걸음 뒤에 있는 것일까. 앞에 있을 수도 혹은 위에서 내려오는 것일 수도. 천천히 서서히 알아차리게 되는 것일 수도 어느 날 어깨에 손을 올리게 되는 것일 수도. 내 어깨를 붙잡는다면 뭐라고 말을 걸까. 아무렇지도 않게 여름은 나를 껴안을 것인지?

어느 날은 걷다가 나도 모르게 이사하기 전 집으로 향했다. 건물 앞에는 못 보던 꽃이 가득 피어 있었다. 보라색 작은 꽃들이 키 작은 줄기에 붙어 있었다. 건물 화단은 쑥쑥 자란 풀과 보라색 꽃으로 가득했다. 이 계절에 피는 꽃이구나. 아직 이름을 알지 못하는데 누구에게 물어보면 이 꽃의 이름을 알까 나는 그걸 요즘 생각하고 있다. 아마 몇 주 지나면 무성한 풀들은 정리가 되고 창문을 열면 짐처럼 쌓인 풀에서 진한 풀 냄새가 날 텐데 그때쯤이면 보라색 꽃은 다 잊어버렸을지도 모르겠다.

매해 여름을 맞이하면서도 여름이 옆으로 와 나란히 걷기 전까지는 왜인지 여름이 오리라는 것을 실감하지 못하는 것도 같다. 그러다 가끔 어느 순간 여름 냄새가 나는데 하고 가만히 멈춰서 지금이 언제이고 오늘이 어땠는지 되짚어보는 때가 찾아온다. 다른 계절은 그럴 때가 없었는데 어째서 여름은 갑자기 하늘에서 뭔가 떨어지는 것처럼 어느 순간 자신을 보여주고 가는 걸까?

그게 여름의 움직임일지도 모르겠다.

작년 여름에는 볼라뇨를 다시 폈고 작은 선풍기가 돌아가는 방에 앉아 『전화』를 다시 읽었다. 그러고 보니 정기현과 속초에 가기도 했다. 홍상희에게 정기현을 소개하고 양양에 있는 김준언을 불러 넷이서 바다에 가고 공원에 갔다. 수영을 하고 모래밭에 앉아 이야기를 하고 회국수를 먹고 빙수를 먹었다. 커피를 마시고 산책을 했다. 밤에 공원에서 친구들은 농구를 했다. 그때도 나는 자전거를 타지는 않았는데 왜인지 함께 놀고 있는 친구들을 뒤로하고 자전거를 타고 멀리멀리 나아간 것 같다. 멀리멀리 나아가도 공원을 한 바퀴 도는 정도이고 나는 곧 친구들을 향해 손을 흔들 테지만 자전거를 타고 있을 때는 바람의 시원함에 몰입하고 있어서 멀리멀리 아무도 모르는 길과 순간을 가지고 달리는 것 같다.

"어 박솔뫼다."

공원의 친구들은 나를 알아보고 손을 흔들고 땀이 조금 난 나와 친구들은 느리게 짐을 정리해서 아이스크림을 먹으러 편의점에 가고 나는 아이스크림을 고르면서 도 마음속으로 자전거를 타고 멀리멀리 간 나를 생각한다. 밤공기를 참지 못하고 계속 페달을 밟고 나아가는 나는 어디까지 가는 것일까? 그런가 하면 맞은편 건물에서 밤늦도록 짐을 챙기는 나는 다음날 어디로 향하는 것일까? 짐을 다 챙긴 나는 여름밤 안에서 이유를 알 수 없는 무력과 설렘을 동시에 강렬하게 느끼고 있다. 그럴 때 동서울터미널에서 시외버스 막차를 타고 속초로 오는 나는 잠이 들었다 깼다 하는데. 여름에는 모든 사람들이 자전거를 타듯 부드럽게 곡선을 그리며 지나가는 것 같다. 만나지 않아도 서로 지나갈 수 있다.

정말로 여름이 오면 여름이지 같은 말은 하지 않고 오늘 덥지, 라고만 하겠지? 나는 힘찬 나무들과 진한 잎들을 잊지 않고 자주 봐야지 하는 결심만 했다. 나머지는 여름이 보여주는 것들에 다가오는 것들에 인사를 할 수 있다면 하면서 걷는다. 어느 날 다가오는 것들에 인사를 해야지 하지만 언제나 그렇듯 그게 정말 무엇인지는 짐작할 수 없을 것이다.

물 기억 잇기

정기현

습도도 기온도 높은 한국의 여름에서 나는 언제나 땀을 흘리고 있다. 땀은 문밖으로 나서는 순간부터 온몸의 구멍에서 솟아오르기 시작해 결국 등을 뒤덮어버리는데, 땀 흘리기를 최소화하기 위해 느리게 움직이면 높은 습도와 기온에 노출되는 시간이 길어져 많은 땀이 흘러나오고, 시간을 줄이기 위해 뛰기로 결심한다면 상황은 더욱 심각해진다.

여름에는 하지만 물속에 온몸을 담글 수도 있다. 여름은 내게서 물을 앗아가고 또 동시에 많은 물로의 입장권을 준다. 마음만 먹으면 평소 줄줄 흘리고 다니던 물을 다시 한번에 채우는 기분으로 물속에 푹 잠겨버릴 수가 있다. 물위에 둥실 몸을 띄우고 하늘을 바라보기, 하늘을 바라보던 몸을 뒤집어 물속을 떠다니는 물고기나 미역, 바위 따위를 지나치기, 물에 잠긴 땅을 맨발로 누르며 걷기, 그리고 이 모든 물 경험을 해낸 뒤 경험보다 즐거운 물 기억 되살리기.

물에 빠졌던 얘기부터 하고 싶다. 순간 '나 죽는다……'는 생각이 스쳤던, 겪을 당시에는 아찔하고 외로웠으나 단연 가장 강렬한, 나의 아홉 살 시절 물 기억이다. 901호의 나는 옆동 같은 층에 살던 아이와 친구 사이가 되었다. 같은 반이었던 적도 없었고, 같은 학교를 다니기는 했는지조차 흐려져 어떻게 친구가 되었는지는 기억이 나지 않는다. 다만 그 친구의 이름 세 글자가 모두 성씨에 사용되는 글자였던 것이나(이를테면 이름이 박정김이었던 거다) 내가 늘 그 친구의 엄마와 아빠가 미국인 같다고 생각했던 것만큼은 선명하게 남아 있다.

박정김은 캐나다인지 호주인지, 미국이 아닌 영어권 국가에서 태어나 잠깐 한국에 들어온 상태였다. 곧 다시 외국의 고향으로 되돌아갈 예정이었고 억양이나 몸짓도 한국 어린이들과는 달랐으므로 나는 그 집에 놀러

갈 때마다 오늘 미국인의 집에 방문할 예정이라고 여겼던 것 같다.

박정김의 아홉 살 생일 파티는 쓸쓸했다. 초대에 응한 어린이가 나뿐이었다는 점에서 한국의 파티도 미국의 파티도 아녔다. 박정김의 엄마 아빠, 박정김, 그리고 나는 박정김의 한여름 생일을 기념해 식당 대신 계곡에 가기로 했다. 토요일 정오 학교가 파한 뒤 나는 박정김네 가족의 차를 타고 서울 근교로 향했다. 미국이 아니라 한국의 계곡이었으므로 돗자리를 펼 만한 평평한 곳마다 사람들로 북적였다. 어린이의 눈에도 한국의 계곡을 처음 방문한 것으로 보이는 박정김의 부모는 계곡의 상류 쪽으로 거슬러 거슬러 올라 마침내 아무도 없는 구역을 찾아냈다. 질고 좁고 조용한 계곡에서 우리는 박정김의 생일을 축하하며 가져온 음식을 먹었다.

함께 사는 셋이 하나를 초대했을 때 그날의 재미는 초대된 하나에 달려 있다고 나는 생각했다. 나는 박정김을 데리고 계곡 상류의 바위와 바위를 아슬아슬 오갔고 그러다 이끼를 밟고 미끄러져 그대로 추락했다. 길 아닌 곳을 오갈 때의 흥분이 가시지 않은 얼굴로 나를 내려다보는 박정김의 얼굴이 보이다 말고 곧 모든 소리와 빛이 사라졌다. 팔을 휘적여볼 엄두도 내지 못하고 아래로 아래로. 숨이 차지도 않았고 계곡이 어떻게 이렇게 깊지 하는 생각뿐이었다.

내게는 길었지만 아마 찰나였을 순간 뒤 박정김의 아빠가 나를 건져올렸다. 우리는 그길로 집으로 돌아왔다. 돌아오는 차 안도 계곡 상류만큼 고요했다. 박정김의 엄마 아빠는 우리 엄마 아빠에게 내가 물에 빠졌던 상황에 대해 설명한다거나 하지는 않았고 나도 그날을 망친 주범이 되었다는 자책감에 집으로 돌아와서는 아무 말도 하지 않았다. 세상에는 이제 한국에 없을 박정김의 가족과 나만 아는 사실이 있고 나는 박정김의 번호를 수소문해 생일이 몇 날 며칠이었는지 물어보아 내가 처음 물에 빠졌던 정확한 날을 알 수도 있을 것이다.

그로부터 십오 년 뒤에야 나는 비로소 물에 뜰 수 있었다. 졸업 후의 남미 여행중 아르헨티나 이구아수폭포 근처 마을 수영장에서였다. 기온은 40도를 넘나들었고 폭포 근처였으므로 습도도 100퍼센트에 육박, 거의 물속을 걷는 것이나 다름없었다. 나는 땀에 흠뻑 젖은 채 외출에서 돌아오자마자 숙소에 딸린 작은 수영장에 뛰어들었다. 그날 수영장에는 또 다른 투숙객으로 보이는 할머니 한 명뿐이었고 나는 용준과 아 더워 진짜 더워…… 한국어로 이야기하며 침대에 눕듯 물에 누웠다. 그러니까 몸이 뜬다? 수영을 배워도 물에 뜰 수조차 없었던 시간들이 구름처럼 지나가고 나는 박정김의 얼굴 대신 건물 사이 파란 하늘을 올려다본다. 숙소 외벽에는 남미 이름 모를 벌레들이 기어다니고.

물에 처음 뜬 흥분으로 용준을 거듭 부르며 한참을 그렇게 둥실둥실 떠 있다가 수영장 밖으로 나왔는데 젖은 발에 샌들을 끼워넣으려고 보니 안쪽에 담배꽁초 두 개가 구겨져 있었다. 외국인 할머니가 나의 신발을 재떨이로 쓴 것이다. 너무 시끄러웠나? 그게 불만이었나? 오후 내내 할머니를 찾아가 숙소 문을 두들겨 유창한 스페인어로 왜 나의 신발에 담배꽁초를 넣었는지 따지는 스스로를 상상하며 시간을 흘려보냈다. 그렇지만 실수였겠지, 내 신발이 재떨이라고 착각했나보다, 결론을 내리는 편이 시간을 붙잡기엔 더 이로워 결국 그렇게 했다.

물에 처음 빠졌던 물 기억과 물에 처음 떴던 물 기억

을 이은 뒤 그 사이 놓여 있는 십오 년의 시간을 지워보자. 이끼를 밟고 미끄러져 계곡물에 잠겼던 아홉 살의 내가 물위로 떠올라 눈을 뜨니 이구아수폭포 인근 마을 숙소 외벽이 시야를 가득 메운다. 더운 여름날은 이어지고…… 일단 한번 물에 뜨자 자신감이 생긴 나는 물만 보면 저벅저벅 걸어 들어가는 지경에 이른다.

삼 년 전 여름휴가에는 제주도에 갔다. 제주 맨 위의 제주 공항에서부터 출발해 중앙의 한라산을 지나 맨 아래 서귀포로 향하는 일정이었다. 서귀포의 바다에는 바위 더미를 기준으로 왼쪽에는 녹빛 얕고 잔잔한 만이, 오른쪽으로는 선녀탕이라는 별칭이 붙은, 파도가 세고 또 깊은 만이 놓인 구역이 있다. 나의 동행자 용준은 해병대에서 수상 인명 구조 자격증을 획득한 자로(그후 갱신하지 않아 만료 상태인) 늘 어느 물에서나 헤엄칠 수 있다는 자신감이 만만했다. 어떤 일 앞에서도 신중한 그가 물에 관한 질문을 마주하면 단호해지는 게 좋다.

그럼 한강도 한번에 수영해서 건널 수 있어?

그건 쉬운 편이지.

용준은 당연히 선녀탕 쪽으로 들어갈 채비를 마쳤고 나는 녹색 물 위에 잠시 떠 있다가 선녀탕 앞에 섰다. 거센 파도가 바위 절벽에 부딪혀 부서졌다. 만은 안쪽으로 조금씩 넓어지는 것처럼 보였다. 나의 망설임을 지나쳐 두 사람이 더 선녀탕 안으로 들어갔다. 용준은 물 아래로 물고기가 보인다고 소리쳤다. 물살이 아무리 세도 그 흐름에 몸을 맡기면 그만이지 않나? 마침내 결심이 섰다. 수경을 점검하고 물 안으로 들어갔다. 그리고 얼마 동안은 나의 생각대로 물위에 떠 있을 수 있었다. 맑은 물 안에서 헤엄치는 주황색 물고기들이 보였다. 물고기들은 파도가 밀려들어도 밀려나지 않고 평안함을 유지할 줄 알았다.

문제는 선녀탕에서 빠져나올 때였다. 바위에 발을 디디고 물 밖으로 나가려 할 때마다 파도가 쳤다. 어떤 파도는 머리 위를 덮쳐 그럴 때면 바위를 붙잡은 손을 놓치고 다시 선녀탕 가운데로 밀려나고 말았다. 머리를 들이밀지 않아도 물속이 보였다. 주황색 물고기들은 여전히 한자리에…… 나가고 싶어 허우적허우적하니 숨이 차올랐다. 만료된 수상 인명 구조 자격증 보유자답게 용준은 나를 뭍으로 밀어올린 뒤 물위에서 휴식을 취했다.

시간이 흐르자 구명조끼를 착용한 사람들이 선녀탕으로 줄지어 들어갔다. 우리는 구명조끼를 대여하기에는 너무 이른 시간에 선녀탕을 찾은 것이다. 선녀탕이라는 이름은 어쩌면 선녀들이 그 안에서 목욕을 하기 때문이 아니라 그 안에 있다보면 빠져나오지 못하고 선녀가 되어 하늘로 가고 만다는 뜻 아닐까.

무서운 물.

물은 그 아래 무엇이 도사리고 있는지 밖에서는 알 수가 없어 무섭다. 비가 오지 않는 나날이 길어져 물이 다 빠져버린 호수가 있다면? 자신을 바닥까지 드러내 보인 호수. 아직 물기를 머금고 있어 짙은 색의 흙 위에는 물풀 외 별다른 것은 없다. 바닥을 보인 상대는 두렵다기보다는 오히려 궁금한 쪽이므로 기꺼운 마음으로 그 안에 진입할 수 있다.

방학을 맞은 학교는 조용했다. 사람들이 물처럼 날아가버린 뒤였다. 계절학기 강의를 듣기 위해 찾은 학교였으나 이것은 핑계였고 두 달간 조용한 학교 근처에 머물고 싶다는 욕심이 더 컸다. 학교 커뮤니티에 마침 집이 비는 두 달 동안만 방을 빌려주겠다는 공고가 떴고 바로 그와 만나 역 앞에서 열쇠를 받았다.

아무도 없는 학교 앞의 물 마른 호수라니. (물론 아무도 없지는 않았지만 아무도 없는 학교에서 꾸민 일이라고 상상하면 더욱 즐겁다.) 걸어보지 않을 수 없었다. 호수 가장자리는 김치부침개 끄트머리처럼 바삭하고 단단하여 나 지금 호수 바닥을 걷고 있다는 실감이 거의 없었으나 가운데로 들어갈수록 젖은 바닥에 발이 푹푹 빠졌다. 물보다 빽빽한 액체가 발을 붙잡고 쉽사리 놔주지 않았다. 신발이며 양말이며 모두 벗겨져 손에 들고 걸어야 했다.

이게 바로 십수 년 전 〈툼 레이더〉 게임을 할 때 영 건너기 어려워하였던 '늪'이라는 건가…… 늪은 게임 주인공 라라 크로프트를 서서히 잡아먹다 결국 죽음에 이르게 했다. 그 느린 속도 때문에 탈출할 수 있으리라는 희망을 포기할 수 없다는 점이 어린이 시절의 나를 더욱 괴롭게 만들었다.

진흙 바닥에서 발을 쩌억쩌억 빼내며 걷느라 나의 이

동 속도는 무척이나 서서했다. 라라 크로프트 이미지가 머릿속을 떠나지 않았다. 덜컥 겁을 먹은 뒤 곧장 죽음을 상상하는 머릿속 이동 회로는 얼른 바삭한 가장자리로! 얼른 바삭한 가장자리로! 얼른 바삭한 가장자리로! 생존 메시지를 바삐 울렸다. 나는 머릿속 메시지를 성실히 따라 호수를 반도 건너지 못하고 빠져나왔다.

음.

역시 무서운 물!

물에 처음 빠졌던 기억과 물에 처음 떴던 기억에 뒤이어 물에 자신만만해진 줄 알았으나 허우적대고 말았던 기억과 물 바닥을 걷다 늪에 빠진 줄로만 알았던 기억을 잇고 다시 한번 그 사이에 놓인 시간을 지워보자.

계곡 바위 이끼를 밟고 물에 빠져 서서히 잠겨들다 죽음을 예감하고 온몸에 힘을 빼자 몸이 떠올라 파란 하늘과 담배 피우는 남미 할머니가 보인다. 이제 나 물에 뜰 수 있다는 자신이 붙어 할머니로부터 멀어져 먼 바다로 나가보았으나 거센 파도를 때려 맞고 허우적거리다 또 물 아래로 잠겨 들고…… 또 한번 죽음을 예감하고 온몸에 힘을 빼자 이번에는 물위가 아니라 물 아래로 떠버린 나. 이제 나 물 아래를 걸을 수 있다는 자신이 붙어 한가운데로 한가운데로 걸어보는데 이번에는 물을 머금은 흙이 나를 집어삼킨다. 이 뒤로는 또 다른 물 기억을 붙여볼 수 있을 것이다.

"붙일 수 있다 아무 곳에나."* 그러므로 내가 점점 아래로 잠겨드는 쪽으로 배치해본 물 기억은 다른 순서로 붙을 수도, 다른 기억과 붙을 수도 있다. 진흙더미에서 빠져나와 뭍으로 올라온 뒤 친구와 계곡 바위를 뛰어다니는 순서로도 가능할 것이고 이보다 덜 선형적인 방식 역시 가능할 것이다. 내게 물 기억은 당시의 즐거움보다는 이후의 자유로운 붙이기를 위해 감내하는 숨 참기에 더 가까운 것 같다.

물은 언제나 약간 혹은 많이 무섭지만 잠깐 참아봐, 그럼 나는 또 다른 물 기억을 가질 수 있다. 여름이 오고 있다. 물과 함께.

---

* 박솔뫼, 「붙이기」, 『바로 손을 흔드는 대신』(박솔뫼·안은별·이상우, 민음사, 2023)

스위밍꿀 컬렉션

여름을 열어보니 이야기가 웅크리고 있었지

© 김화진 이희주 박솔뫼 정기현 2024

1판 1쇄 2024년 6월 26일 **1판 2쇄** 2024년 7월 7일

지은이 김화진 이희주 박솔뫼 정기현
펴낸이 황예인
편집 황예인
디자인 함익례

펴낸곳 스위밍꿀
출판등록 2016년 12월 7일 제2016-000342호
주소 서울특별시 마포구 양화로58
연락처 swimmingkul@gmail.com
ISBN 979-11-93773-03-1 03810

이 책의 판권은 지은이와 스위밍꿀에 있습니다.
이 책 내용의 전부 또는 일부를 재사용하려면 반드시 양측의 서면 동의를 받아야 합니다.